A City of Unreality

非現實之城

蘇紹連——著

從現實到非現實
詩扮演著催化的角色

悅讀《非現實之城》詩集

【卷一】城勢：民間形勢

【卷二】城歲：一生到此

【卷五】城孤：弱者之言

悅讀

《非現實之城》詩集

最最逼近臺灣現實的詩篇

須文蔚

蘇紹連曾在接受李順興訪問時坦言，三代前是農家，家中開過米店，自己則教書：「我避開政治，從某些勢力潮流中抽身隱退。我也避開文學的意識型態之爭，結果是，文學當權派和本土派的論者，不排斥我，但均視我為邊陲，不是重要的一份子。」這並不代表蘇紹連沒有關注政治現實。最早走進蘇紹連的寫實題材中，應當是環保與生態議題，在〈芽〉一詩中，「黑煙的芽」遮天蔽日，就已經控訴工業污染禍害自然。而目擊臺灣教育現場的變化，民主運動的興起，他也曾寫下〈童話的遊行〉、〈蘇諾的一生〉等敘事詩，在撞擊現實與政治的詩路上，他走得相當迂迴。

台灣的政治詩一度受限於階級、意識型態甚至流於淺白口號，在抗爭與事件消退後，文字也就失去了力量。蘇紹連理想中的政治詩在成熟的技巧下，依舊保有純熟的象徵與隱喻，不聲嘶力竭控訴，而以寓言形式，或舒緩，或歌詠，或激昂，從民間出發，先以「城勢：民間形勢」一卷，從底層人民的角度鋪陳，國家機器過於龐大，無法聆聽到升斗小民的哀嘆，〈乃父詩〉哀憐二〇一四年高雄氣爆事件的亡靈、〈三月節〉藉由祭祖強調天地家國的根本在文化與人民、〈端午的魔術師〉則諷刺政治也為詩人招魂，〈傘傘發光〉更遙遙為香港民主運動吶喊，都可見到蘇紹連不再袖手旁觀，而以藝術介入政治。

飽受霧霾困擾的蘇紹連，在「城色：視覺深度」則使用多個角度，通過各種觀點，痛陳臺灣空汚的傷害，無論是〈霧霾裡無形的世界〉中消失的南方城市、〈霾害〉中視野模糊到真實如同手中沙般流失的恐怖、〈霧霾下的晨跑〉人雖然能跑但還是無所遁逃的蒼涼，終究讓詩人憤怒地希望「一鍵還原」，希望環境能回到「出廠」時的原始面貌，讓人忍俊不止，但卻又悲從中來。

但丁說過：「地獄最熱的地方，留給那些在道德危機中保持中立的人！」蘇紹連以系列詩篇逼近臺灣的現實，也呼應了但丁沈痛的呼籲，更成就了震撼人心的連篇詩作，絕對是見證時代的經典作品。

（須文蔚，國立東華大學華文文學系教授，有《台灣文學傳播論》《台灣數位文學論》《魔術方塊》等著作。）

以鏡頭相對

陳巍仁

自早期驚心散文詩起，蘇紹連詩便有一冷峻的解析者與查察者特質，「現實」在其筆下不斷剝解蛻轉，對讀者而言既陌生又新奇，讀詩也等於重新理解了世界。我想特別指出，蘇紹連鍾於寫物，其成就最迷人之處，便是示現能感物變之自我，詩人身處萬物之中，以類似鏡頭之靜觀，介入、保留了事物變化的瞬間狀態，雖略似日本傳統美學所謂之「感物哀」，然則卻多了主動，多了自我醒覺。順此脈絡觀察本集《非現實之城》，無論一床老式棉被，甚至少年白髮、老年黑斑，雖因物而起，實則呈現我一生之情變情哀。蘇紹連長於攝影，或也可視為與世界相對，乃至於相搏之方式，此處所說之「相搏」，非以意氣勇力鬥之，而是充滿機鋒，有時亦不乏幽默的對諍，詩集卷四中滿紙之「對手」，看似無所不鬥，以刺世事皆成兩造，尋釁永不止休，也可能是左右手互搏，只為尋找一想像敵人之自嘲。舉起相機，追攝諸物，但轉出的照片，卻恆常有個如鏡相映的人影，此即詩人的生命情境，也是本詩集的底蘊。

（陳巍仁，元智大學通識教學部助理教授，著有《台灣現代散文詩新論》、《催眠師的Fantasy》）

少年城主夢

楊宗翰

蘇紹連曾是《台灣新世代詩人大系》（簡政珍、林燿德主編，書林：一九九〇）內的一員。這位一九四九年出生的「新世代詩人」，到今年也滿七十歲了。久居台中沙鹿的詩人習慣低調度日，卻在網路虛擬世界擁有聲量巨大，允為台灣數位詩創作的先行者之一。晚近跟七、八年級詩人（八〇後、九〇後）的臉書交鋒亦非意氣之爭，其中自有迴異詩學觀念的可辨／可辯。尤其可貴的是，自《孿生小丑的吶喊》（爾雅：二〇一一）到這部《非現實之城》，蘇紹連以一年固定推出一部詩集的速度，用堅實創作重磅回應了「詩是屬於青春的文類」之謬。

從兩年前的「無意象」到這一冊「非現實」，他自云是因寫成的詩摻合了作者個人「情志」後，詩已非原本真實的現實，遂改稱詩為「非現實」。少年城主蘇紹連有其欲中之志，提倡「無意象詩」來去除形體憑藉，盼能更增添可讀性與想像空間；「非現實詩」援引個人情志入詩，莫不是要破除表面皮相現實，直探生命根源真實？如〈盒小孩〉開篇寫道：「他不是一個小孩／裝在盒子裡／像安靜的躺著的春天／／也許他已夏天／找一些朋友來／拆開盒子看看／是否有一些閃電和雷雨」，就頗能代表從《茫茫集》、《河悲》、《驚心散文詩》以降，詩人對於人類之困陷受囚，一以貫之的「非現實」、卻也最真實之感受。

少年城主若有夢，當是祈願吾等都能「從盒子裡出來／仍是明媚的春天」。

（楊宗翰，淡江大學中文系助理教授，著有《逆音：現代詩人作品析論》、《異語：現代詩與文學史論》等五書。）

容納霧霾中的惡之華

解昆樺

霧中觀物，雖是文言詩詞中審美、造境之體驗，但在我們處在的時代現實中，卻不如此。與詩人蘇紹連同樣寓居臺中城的我，深知卷八「城色：視覺深度」中令人伸手不見五指之霧霾，之所指，乃在工業文明，對資本主義對物質生產幾近歇斯底里般飢渴，所造成的生態環境破壞。詩人居於臺中海線，我時常過往，走在那城中小鎮，那霧霾如魍，有著於有無形、有無意識呼吸間，進入我們身體的脅迫……我們也就這樣在現實中，這麼超現實地走入工業革命彼時的英國倫敦。

現代城市之惡，何以成華？那是因為對於不堪，我們複雜地還渴切能給予一種美，我們反諷身處其中我們的命運，我特別喜愛〈霧霾裡無形的世界〉中，詩人所寫：

沉默是一種可以移動的實體
沉默是一種旅行的伴侶
無形的世界
錯誤置入的
只有一個詩人
是自己

錯誤置入的
音樂，音符寂靜
無須物質

可以想見詩人如何在臺灣沙鹿等候搭上海線火車的神情，沉默這無聲音的音樂與詩人相伴，也是詩人另一種超現實投影，他們交錯又錯置在這世界。不可形狀的沈默被如此形狀，在這霧霾滿佈，無可形之的世界裡。我們在人類所共同／業的工業文明中，得到一個與倫敦、巴黎的互文脈絡，今天的天空很倫敦，也可以很巴黎，因為我們都共同品嚐著霧霾惡之華。

（解昆樺，詩人、小說家，著有《繆斯與酒神的饗宴》、《臺灣現代詩典律與知識地層的推移》，長篇小說《鳌角頭》。）

現實該如何主義？

陳鴻逸

「心・眼」是驗證貼合現實的媒介，故而你我之間無法「同一意象」，只能趨向「統一意象」。詩人擬造的城市，非「現實主義」而是「非現實主意」，卷六「城象・非你所見」，從城市（景象）到書寫（意象），心與眼折射出多重意涵，看見不等於實見，實見不等於實存，讓非現實主意座落成詩的國度，如樂高零件組成了擬象實體，在〈不真實的城市〉中，稱職又不稱職的〈城市發言者〉，傾吐城市的是非構築積非（現實）城市。

「心・眼」是人們最原始的感官，直射入的曙光，照見看與被看的異見，禁錮在城市裡的「臉」，被詩人的筆揣想描摹。「卷七・見我所非」系列摸索出城市的方圓，測度著城市與個人愛的角度，這叫〈在城市裡的創作方式〉，「愛」可以不用心？不用眼？那麼該如何好好地創作一座城市的愛，換來〈城市每天的心情〉，非現實於是被詩人主意著……

（陳鴻逸，經國管理暨健康學院通識中心專案助理教授，著作散見詩刊、研討會及論文集。）

超越後的非現實

陳徵蔚

台灣知名詩人與攝影家蘇紹連擅於運用影像敘述，並在文字裡呈現影象。同時兼具影像與文字兩種實力的詩人，作品似乎也會較為「寫實」。然而，詩人卻不斷自我解構，這本新詩集定名《非現實之城》，寫詩而無意象，攝影卻非現實，這是十分耐人尋味的「超現實」。

〈喧囂的城市無言的人〉，如梵谷割耳，甚至割去嘴、心。失去與世界的聯繫，也失去思考，成為空洞羸弱的紙箱，最後被自己內心的火吞噬。這是首具象詩，詩行排列成心形，卻又不真實。這顆心，非現實的心臟，而是想像力的心。心，沉落了，彷彿滴著血。

我個人特別喜歡〈城市裡的陷阱〉，在恃強凌弱的世界，公理正義不是現實。實際上，誰大聲誰就贏，而且加害者還會作賊喊抓賊，設下陷阱。我們被欺負了，卻還得跟加害者道歉。被害者傾家蕩產，加害者升官發財。

蘇紹連的新詩集《非現實之城》呈現出了一種解構美學，在看似現實的表象背後，呈現了醜惡且殘酷的本質。然而在這本詩集中，詩人提出的問題，也許比答案更多些。在這現實與虛幻錯縱複雜的城市，無止盡的叩問，大概也是創作者所能嘗試，最忠實的表達了吧？

（陳徵蔚，健行科大應外系副教授，著有《電子網路科技與文學創意：台灣數位文學史（一九九二－二〇一二）》、*Wings of Knowledge: Western Literature for College Students*等書，並開發「台灣文學地景閱讀與創作App」。）

逃逸的畫外

吳懷晨

我喜讀蘇紹連近年來的無意象／非現實詩作。這些詩作讓我進入布朗修（Blanchot）頌讚的不接納不敞開的夜，人在夜中，人置身事外。《非現實之城》裡，詩／意象／句式／境界（傳統硬核的詩本體）在語言中消散，缺席的空闕中，詩自身又不斷衍生。如，「無的物質／是多麼的非你」。「無腳」卻能「走過每天的時間」。如雲鳥之「啁啾」，「卻是黑色的一滴／飛不起來的／聲音和聲音相遇的／沈默」。

讀這些詩作，髣髴就被詩人攜到沈默的生存邊上，邊外不是白牆彌天一堵無際，邊外不是綿密的空或幽敻的黑；而是相攜臨坐於沒有外邊的邊上，原以為浸入無岸之河，終究觸到的是有岸無河。

紹連師是天生／終身的寫詩人。即便坐在闇影礁上（光明全在另一側），他瞳裡的黑幕，也會是一片喻意如浮冰四處漂蕩擱淺之海。

（吳懷晨，臺北藝術大學人文學院教授，出版《浪人之歌》、《浪人吟》等。）

「弱者」的心地

孫梓評

「語言」做為詩與思的介質，似也是「非現實之城」中最為介意的磚瓦梁柱。畢竟仍須藉由「語言」去重構／抗衡現實，在喧譁現實「失去了語言的／聲音」的詩人，更警醒自制，深知「語言破碎裡的魔鬼／更多」。因此，盡管詩回應著你我同歷的社會事件或政治現況，卻不肯只為現實服務，而由現實出發，穿過現實的皮膚，刺入內裡，抵達想像之城，記憶之城，時間之城，於是視野順利穿過了針尖，來回縫痛，編織無形（比如沉默）為有形。

身處「非現實之城」（網路？人生？），「酸雨如酸語」，先說真心話的會成為犧牲者，如此舌間有蛇的詩人／弱者，也只能在語言斷裂之時，「咬蛇自盡」。弱者未必能同理弱者，但潛水出沒在各種強音領袖的城垣，詩人願與弱者「走到衣櫃裡／穿同樣的制服」，還能借來《文子》的智慧，「積柔即剛，積弱即強」——於是弱者哪怕「無手，無能指」，卻能占領空白，眼見暗中微光，在「不著色」的領地，「建另一個國家」。

（孫梓評，編輯，著有《善遞饅頭》等書。）

民間形勢

城勢

卷一

城市的摺痕／蘇紹連攝影

一支隊伍

要進城門
前往的路上
很多人都知道魔鬼
藏在細節裡。卻不知道
語言破碎裡的魔鬼
更多。更不知道
那些細長的腳
是按著節奏
前進的

一支隊伍

不存在的朝代
有不存在的思想
流行再起

復甦的風華
左片臉頰
烙印著蛇
頸項套著金屬
（魔鬼藏在瞳孔裡）
要進城門的
一支隊伍

進入城市的摺痕裡

進入城市的摺痕裡
為什麼安靜了，我不知道
公車經過我鞋底的斑馬線
為什麼安靜了，我不知道
轉頭看見那塊中文字招牌掉落下來
為什麼安靜了，我不知道
另一條街是抗議，是鎮壓和流浪
為什麼安靜了，我不知道
或許找不到一個詩人
失去了語言的
聲音

或許我不該進入城市
或許電梯裡面的鏡子多了一個人
是我對生命的幻覺

我不知道
（是這個時代安靜了）
我想說話卻無語言
語言是蔓藤植物
我不知道
（是這個社會安靜了）
只見葉子變成翅膀飛行於玻璃帷幕裡
高樓的上方
天使坐著

天使的表情是人，是神，是方塊
切割的菱形，是鑽石的
悲泣的光芒
我不知道
黑夜的末班車為什麼安靜了
而語言在舌尖凝結了一首小詩
卻找不到這個城市能給予掉下的
位置

路過

——我用動詞生活

因為我沒有總統府、立法院、一〇一大樓
沒有車站、銀行、便利商店、公車
也沒有房子、車子、提款卡
手機、牙刷……等等名詞

我離開這些名詞
其實是我沒有
我也曾侵入這些名詞
其實是我和人民一樣都想擁有

我一貧如洗
抱歉用了成語形容
愈加我沒有能力擁有
所以我只能用動詞生活

動詞可以使生活永遠是進行式
比如：打開、走出、搭乘、前往、占據
比如：衝撞、敲擊、撫摸、擁抱
好像都是兩個字較好用
一字在前方邁步一字由後推進
這樣我的人生還有可能
找到意義

但是有一些動詞存在於對方
驅離是對方的動詞
鎮壓是對方的動詞
不讓我的動詞前進
說我的動詞違法
不讓我的動詞向著未來前進

那麼，路過這個優雅的動詞
算違法嗎？
我可以每天都僅用路過來生活

路過總統府
路過立法院
路過行政院
路過紀念堂
路過二二八公園
產生一些幻覺
千百遍路過，終於把我變成了信徒
路過大腸，聽腸裡的轆轆聲
路過惡靈的住所，把花丟進去，把花丟進去
路過邪惡，讓躲在後面的黑影暴露出來
路過詩的邊緣，請和我像風一樣吟誦
路過世界上所有的名詞
讓名詞能為人民所有
路過
是最美的動詞
路過最黑暗的今夜
就是我們最光亮的明天

另一種路過

1

路過，是一種最美的動詞，也是一種最自然的行為。

候鳥，路過台灣；我的理想路過了，我卻不知道！
月光，路過窗口；我的愛人路過了，我卻不知道！
落葉，路過街道；我的生命路過了，我卻不知道！

小小的年紀，路過龐大的悲哀，路過沉默的背後，我卻不知道！

2

路過，是一種最美的動詞，也是一種最自然的行為。

候鳥，路過台灣；人民的理想路過了，統治者卻不知道！
月光，路過窗口；人民的愛人路過了，統治者卻不知道！
落葉，路過街道；人民的生命路過了，統治者卻不知道！

小小的年紀，路過龐大的機器，路過謊言的背後，統治者卻不知道！

後記：詩的發想是很偶然的，可遇不可求。這則散文詩，原只寫前一節，屬於將「路過」詞語放入個人情境的感受。後來，仍免不了聯想到政治上的「路過」和「集會」兩個詞語的糾結，故而詩作新增了後一節，也是寫路過，完全重複前一節，但內容指涉大為轉變，變成人民路過的政治性思維。雙併，乃有詩意，故組為一首「散文詩」。

乃父詩

前引：事故是二〇一四年七月卅一日廿三時五十五分以後至八月一日凌晨間，發生在臺灣高雄市前鎮區與苓雅區的多起石化氣爆炸事件。七月卅一日約廿一時，民眾通報疑似有瓦斯洩漏。幾個小時後該區域發生連環爆炸，造成卅二人死亡、三百廿一人受傷。

父親節前七日
我遇到乃父
乃父之喪
不寫詩，不騎單車
單車相信一首詩，都是個別完成
而有詩人們集體為乃父寫一首詩
分隔島從不參與那樣的事
雖有詩人集體寫一個主題
像大家來寫乃父
路口監視器也寫乃父
卻沒有下文

遇到乃父
道路只有哭
只有求救
只有哀慟
若時間能夠重新經過
時間可以伸手
拉住乃父身旁的人
不讓他們失去
可以擁抱住他們
不讓他們落空
我也很願意像時間一樣伸手
但是別叫我的手寫詩
我寫不出來
因為乃父
讓我的詩跟著死了
我的手在哀悼而萎頓
我已經沒有寫詩的手
我真的寫不出來

詩已經不是第一要緊的事
沒有寫詩能力的我
想做的只是去救援
去揭發惡的真相
去一起重建
這個南端之城

不要再遇到乃父之喪了
讓城市裡的道路忘卻乃父
讓單車載著時間可以安然駛過
讓雨水在地下平靜，月光在地上繁榮
讓遠方的心恢復成一座城市
我也逐漸可以
生出寫詩的
手

三月節

葉子死了
樹根得替葉子往下活

身體死了
靈魂得替身體往下活

感情死了
生命得替感情往下活

國家死了
人民得替國家往下活

歷史，就是活著
那條大河繼續向大海流

註：台灣農曆三月三日稱「三月節」或「三日節」，漳州人於今日祀祖祭墓，而清明節不另祭之。農曆三月初三原是玄天上帝生日，台灣此日稱為「古清明」或「三月節」，需祭祀祖先。

端午的魔術師

端午，在ＸＸ紀念館前面
（這個錯誤的廣場
沒有詩人紀念館嗎？）
觀看許多街頭藝人個個都是變著魔術
竟然共同變出一顆巨蛋
午時一起讓它倒立
雨後
讓它在雨滴裡懸浮

然後魔術師的手變出許多粽子
分送給圍觀的新住民大人和小孩
（今天應該是魔術節吧）
打開粽子
裡面竟是一隻魚
打開粽子

裡面竟是一隻鳥
打開粽子
裡面竟是一隻月亮
打開粽子
裡面竟是一隻太陽
打開粽子
裡面竟是一隻舟

終於變出一隻游過飛過圓過缺過晴過陰過划過的
既脆弱又憤懣的被束縛被綁紮的現代詩
要觀眾們一起打開它
吃下它
再吟誦它

回想以往在這個端午的日子，現代詩人明知不可為
卻仍要去楚國去汨羅江去招屈原的魂
去為自己寫的致敬詩繫繩打結
只有蛇蠍壁虎蜈蚣蟾蜍肯打開它

吃下它
再吟誦它

端午的魔術師，他們的使命是變出一個新住民的節日
或許能延續傳統的輝煌亦未可知
（打開籠子才知）
或許傳說中的粽子正在變形為一座島嶼亦未可知
（打開盒子才知）
或許在詩句裡施加一點點魔法亦未可知
（打開面具才知）
魔術師啊
是這時代真正悲傷的詩人

註：最後段套用了詩人瘂弦寫過的詩作句式。

新族群

他們身體上的每一個器官，都是
節日。心臟的節日，進行射擊活動
用吊索繫著石頭，摔跤，跳河
希望與飲乳是他們主要的娛樂

他們在頭髮上披著獸皮
溫暖的天氣裡，他們的身體
只有中間部分不涉及任何刺青文字
男人的一半剃了光頭
臉部的一半被書寫咒語

他們的記憶被裝飾著羽毛
冥想和催眠都要穿戴金屬環
女人的乳房形成某些動物的放大形象
鐫刻在排列為花紋圖案的石頭上

當時間像一個個部落被組裝
天空彷彿伸出雙手，發言像冰雹
告知擁抱需要包含自己的衣服和頭顱
貝殼串珠的舞蹈，涉及想像
遙遠而黑色的深海裡一座祭壇

他們身體上的每一個器官，都是
魔。捍衛著自己偉大的能力和精神
充滿痛苦的胸膛烙印了喘息的波紋
也將我們陌生的罪行一起捍衛

節日。一起捍衛石頭、坑洞、森林、蛇
也一起捍衛捲髮及逃逸。而來自
遠方的書面語言在焚化爐裡燒毀
太空船臨空掠過，神話再起

他們和所有的生物圍成一個圓圈
火焰搖晃瞳孔裡另一種世界的光影

文明的微笑，後現代的破碎
非常輝煌與怪誕的天堂外觀
都在瞬間消失於未來的空間裡

傘傘發光

——二〇一四年九月底香港民眾為爭民主引起佔中抗爭行動，雨傘是這次香港民主抗爭的象徵。

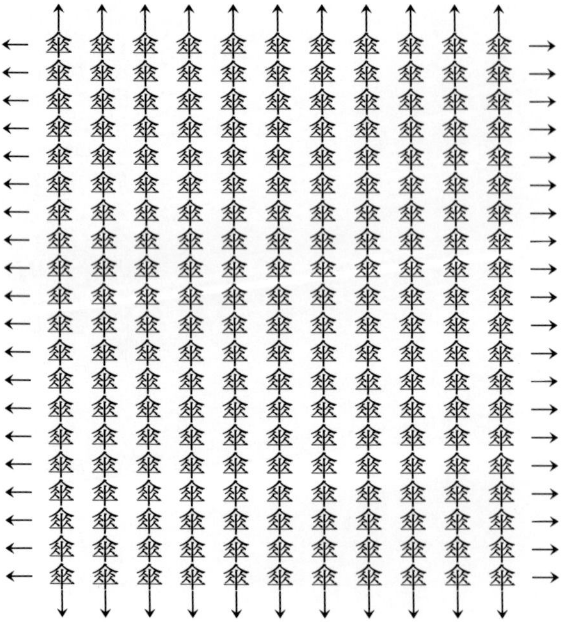

仰望一個時代的夜談

黃昏已經降下來了
我們就要在紫羅蘭色的夜裡
說頹圮的老話題
談荒廢的舊美感
用通宵達旦的成語
寫一首海枯石的爛情詩

黃昏已經降下來了
我們就要把一隻魚煮成一鍋美味的夜
刮除層層疊疊夕陽的鱗片
剖開魚肚掏出海的深景
看著暗黑的宮殿裡一場奪嫡大戲
由政治人物扮演各個要角

（夜色裡的天空
像一隻巨大的鯨）
我們就要仰望一個時代降下來
（夜色裡的靜物
都有了生命）
一群夜談的動物
勢必要溫馴而感性才能存活

在黃昏降下來以後
我們邀山巒一起飲著琥珀色的大海
把船從這世界放走
錨，一樣的主題
沉在心中太重
不如用通宵達旦的成語
再寫一首海枯石的爛情詩

十月

十月，想起一家叫十月的出版社
出版了一本叫決鬥的翻譯小說
那年十月，我一心想要決鬥
我讀著小說，像讀詩一樣
一字一句反覆研究
那些意象來回的招式
和主義決鬥
和資本家決鬥
和階級決鬥
和政府決鬥
（那年十月雨勢強烈
煙火在煙灰缸一樣的河水裡
熄滅，攝影拍下的歷史
光影如屍）

那年十月，我初次離家遠行
準備好了的時間和手掌
列車沿途穿越陌生的哭泣
樹林、河岸、橋、動物
一一往後退去
他們都不知我
出發以後可能是
枯木、裂岸、斷橋、殘骸
也不知我和誰決鬥
歷史不會記錄我
一個無名的決鬥者
像一張抗議傳單在秋風吹下
秋風吹下的瞬間
翻了幾個跟斗和幾個招式
然後飄行在屋脊上
（月光照拂旗桿上棲息的鳥
我並未化身為另一種

羽翼透光的
旗幟或符號）

那年十月，我和我的決鬥者進行
解決數十年來的宿怨之鬥
他在我構思的場景裡出現
一個未來的黑色城市
戴著假髮和墨鏡的裁判
和一群沒有嘴巴的觀眾
時間沉寂如牆壁
我和我的決鬥者讀著一篇影射自己的小說
（雨勢強烈，決鬥者以文字對峙）
小說裡的語句漂浮：
「兄弟，你愛我，你不愛我
小時候，看見，看不見
校門口的標語和警衛
躲開，躲不開，那支
哨子穿透心臟的聲音

痛，不痛，我背著你
你抱著我，不哭，哭
沙石的語言坍塌
你出拳擊破你
那些重疊的落葉
我閃避著我
那些飛行的腳步
你翻轉著你
那些下墜的天空
然後停格
決鬥者之一
緩緩倒入雨滴中」

十月最後一天深夜，當我讀畢小說
已經撐傘走過教堂前的下雨廣場
滿地的文字
是消失的決鬥者留下的殘招
（和主義決鬥

和資本家決鬥
和階級決鬥
和政府決鬥）
我可能沒有倒下
把文字撿起，放回小說裡
重新組成句子
改變小說的結局
讓倒下去的，是我
成為一個失敗的決鬥者
在十月的冷雨中
蜷縮為一滴雨
在最後一頁
漂流回家

年度·度年

今天是最後一日
過了就要把日曆全撕光
過了毛髮就要全掉光
一隻無毛的獸
和我面對面
要渡過一條夜色中的河
（現在這是大沉寂

沉寂中央一點黑）
　　　　　在浴缸裡
我要洗淨所有印在身上的
　　　　　鴻雁爪泥
　　　　漂流的文字
　　　和沐浴乳泡沫
　　在最後一日

全要通過地下水道
　秘密會議
　　決定處置
　　　自己的語言
（一點不斷冷卻的
黑。我可以預見）
預見最後一日的光
變得柔軟而可揉搓
像一隻溫馴的獸
和我面對面
用流淚代替怒吼
靜靜看著
一絲的光變成
一點黑
在最後一日
沉埋了我

註：「現在這是大沉寂／沉寂中央一點黑／一點不斷冷卻的／黑。我可以預見」四行借用自楊牧詩句。

孤獨一定會回來的

走在城市的街道人群潮湧淹沒中
我心裡吶喊著：孤獨一定會回來的
孤獨一定會回來的

站在捷運的出入口（打敗仗的軍隊
廢墟的洞裡爬出焦黑的幾隻螞蟻）
我心裡吶喊著：孤獨一定會回來的
孤獨一定會回來的

離開的列車載我離開慾望的城市
與我同行的前後世代詩人卻留下來繼續建築
不僅建宮庭，建廟宇
建學院，建媒體的
位置（自己具名
取證）

歷史
總也是政治的事
而我心裡吶喊著：孤獨一定會回來的
孤獨一定會回來的

一生到此

城歲

卷

平行的人生／蘇紹連攝影

旋轉的吊扇

他的身體是一支有三片長柄扇葉的電風扇，從天花板上垂吊下來，每日每夜不停旋轉。他保持固定的速度及方向，而且用呼吸的節奏形成他的生命旋律，像在一個時代裡反覆迴旋及前進的切割器。

他對櫃子的一種告別形式是他切割了櫃子，被切割去的部分變成空缺。而他的扇葉仍不斷的經過空缺的胸口，不斷的向櫃子道歉。至於被他切割掉一隻腳的椅子，他仍是低俯的迴轉經過斷缺半截的腳，經過，再回來經過，用一生的時間經過。

他一生只能在一個房間裡自我迴轉，自我經過，經過櫃子，經過衣櫥，經過桌子，經過椅子，經過牆壁。凡有物阻礙，他便對之切割出缺口，影像才可以從流血的缺口經過，經過，再回來。他，才可以不停的把風吹拂進入房間的人。

註：讀藝術家陳順築的影像裝置有感而作之一

老木箱返鄉

他把自己摺疊在一個老木箱裡，然後蓋著，上鎖。拿到某物流公司將箱子以船運的方式遞送到一座童年的，邊緣的島嶼。

他在進入老木箱之前，已經先在木箱裡面貼滿家人臉孔的照片，貼滿過往的生活。他在進入照片之前，先劃出位置給遺忘的人，用位置等候了一個即將要返回的人。他在進入位置之前，先用彩色的玻璃珠映照射著海的光芒，用衣架把雲和雨水倒懸，用螺絲把天空釘緊在鍍鋅鐵片上，用偽裝死亡的假寐給自己安置一個房間。他在進入房間之前，輕輕敲醒黑貓與貓的黑色，讓貓變白，變為磁磚上的光影；而他把自己和家俱殘片混合複製在磁磚裡，像鳥屍一樣再也飛不起來。他在進入老木箱之後，他和木箱裡的物件一一鑲嵌，他逐漸變身。

老木箱遞送到了邊緣的島嶼，沒有人從照片裡出來，沒有人離開位置，沒有人看見房間，沒有人是掛勾，沒有人勾住他的關於狗的綠色冥想。沒有人打開他。

註：讀藝術家陳順築的影像裝置有感而作之二

照相館

我經過，就如同經過照相館櫥窗上的黑白人像，轉頭望了一下，他們就站在那裡，一個影子都不會產生的那裡，惶惶然逃避的那裡。

他們不動的那裡，有我動著的心，怦怦，怦怦。有人從照相館走出來，戴著黑色帽子，烏雲罩在街道的上空，雨落在身體裡卻流入遠方的城市裡；又有人從照相館走出來，臉上的黑框眼鏡像是鳥籠關住鳥雲，而翅膀從他的背上掉落像兩滴巨大的淚水；又有人從照相館走出來，摘下自己的大頭照只留肩膀以下的身體，讓背後的天色能緩緩通過，回到青年時代的蒼茫裡；又有人從照相館走出來，打開的身體像一個無鎖的木箱子裡面只有一塊破裂的鏡子，倒映著黑海溝的波浪殘念：「讓島嶼浮現」。

這時，我轉身站在照相館門口那裡，對著黑色的木門輕敲：怦怦，怦怦，我說著：我要拍身份證照。好久，才有一老婦開門：「照相館已歇業半世紀了。」我仰頭張望，剛剛一個個走出來的竟然是櫥窗上黑白人像群照裡的人，變得空無。

一床老式的棉被

想起自己的一生
就如一床老式的棉被
只為了蓋住自己和另一個人

如此不堪
被單上的圖案
牡丹海棠富貴菊裡生滿躲藏的蝨子
就出來和獅子對吼吧
龍鳳在枕頭上飛舞而我滿腦子的荒郊
野外月色冰涼
瑟縮的一隻白鸛
永不移棲別離，如水中的倒影
有自己褪落的羽毛輕輕漂蕩
一夜床單上的漣漪

變成漩渦
沉沒

柔弱的手臂（河岸的
柳樹底下有一人
如魂魄
穿越）柔弱的
摟著自己的乳房
無言轉身面對
僅僅以相靠的背脊弓起被單
形成人體山脈

想起那凹陷的地方
空虛如夜

人生餘味

他，後仰躺臥
如果不再起來
就用深潭
沉沒

他，轉身背離
如果不再回顧
就用天幕
覆蓋

他，如果沉沒
就用深潭
給一些
淺淺的水紋

他，如果覆蓋
就用天幕
給一些
淡淡的雲絮

他，消失了
還努力著
給一些能看見的
徵候

平行的人生

日和夜之間
不會有動詞的存在
夕陽和那些星星
要怎麼辦

我們之間居然如此愛過
為何不回頭相望

光和影之間
不會有動詞的存在
光源和那些影子
要怎麼辦

我們之間居然沒有空間
為何全被形容詞填滿

敘事和判斷之間
有和無之間
地圖和車票之間
神和魔之間
淚水和微笑之間
連續
侷限

這一漫長的人生
我們
平行

清明遲到

四月的時節
雨紛紛搭乘客運
像詩集裡的詩
散成一些孤魂野鬼
一路漫漫
漫出了車內架上電視框框
學運新聞的影像
連環釋放
雷殛了籠罩的黑暗
路不知往何處去
有沒有道理是解析度怎麼說
關鍵是選台器
怎麼按對號碼理解
「對不起，這車
不經過您的身體……」

恍惚的日子
總是坐錯了車班返鄉
彷彿一種很難抵達的心情
叫做「最遙遠的距離」，很痛
痛得讓雨水填滿了
凹陷的胸口。我只是
不忍今年的清明
是這一生第一次的
遲到

河馬

童年開始的夜
我蒙在棉被裡
就會看見
行過深河的一隻夢
行過幽夢的一匹河
大物
如此龐然
淚水
如此龐然

緩緩
行過教室的窗口
涉渡黑板
緩緩
行過自己家的門口

涉渡自己的床
離去

童年結束的夜
大物
如此龐然
淚水
如此龐然
直到彼岸
倒下

少年白髮和老人黑斑

我有一個故事
在耳朵裡唱為一支曲子
在眼睛裡畫為一幅影像

故事裡一個少年頭髮突然白了
翅膀的影子突然白了
大雪裡的星星突然白了
鐵軌上行駛的火車突然白了
一副沒有表情的假面具突然白了
他的情慾資料也突然白了
完全一片空白了

故事裡一個老人臉龐突然黑斑點點
背肌突然黑斑點點，胸膛突然黑斑點點
腹突然黑斑點點，臀突然黑斑點點

腿及腳趾突然黑斑點點，陰莖也突然黑斑點點
黑斑點點擴散，點點渲染，點點泫泣
他完全於黑色中滅頂

他們最後袒裎相見的時候
黑色摟抱著白色喚著：兒呀
白色摟抱著黑色叫著：父啊
少年和老人像互生的葉子了

但是
世界上沒有耳朵也沒有眼睛的人
才會接收到我說的這一個故事

父親的形象

開始有了父親的形象
是在十年前的八月八日
給父親買了一雙黑皮鞋
EUR碼四十二號，回家的路好走嗎？
九年前的八月八日
給父親買了一件絲質襯衫和領帶
領圍一六吋，能繼續呼吸到這世界嗎？
八年前的八月八日
給父親買了一副老花眼鏡
深約二五〇度，能看清楚門鎖的鑰匙孔嗎？
七年前的八月八日
給父親買了新的假牙
咀嚼動作，會像是初生的嬰兒嗎？

然而父親的形象開始轉變
是在六年前的八月八日
給父親買了一頂毛帽和一條圍巾
他卻把溫暖和擁抱留給我
五年前的八月八日
給父親買了一支十九世紀古董懷錶
滴答、滴答，他卻把心臟的回音留給我
四年前的八月八日
給父親買了紙尿褲和返鄉之旅
他卻把溶於皚皚雪中的春水留給我
三年前的八月八日
給父親買了一張按摩椅
沿著背脊，犁痕深陷，他留下揉捏中的泥土

終於固定了父親的形象
是在二年前的八月八日
給父親買了新的碗和筷子
盛米飯挾菜餚一口一口延長生命

一年前的八月八日
給父親買了紙和筆
教他寫字他卻自己寫了一整年的遺書
今年的八月八日
給父親買了一冊他兒子新出版的詩集
唸著禱詞而讓句子流淚
祈求明年八月八日如果缺席的時候
我能用詩的音節想念
能模仿內在的兒子
和外在的父親做最後的對話

你空曠的身體

你有許多時間空著
空著的，還有你幽深的瞳孔

你有許多空間可以踏出去
踏出去是另一個新的生命時間

你在人間生活，變成一座
空屋，留在記憶的地圖裡

（搬走的黑沙發、大餐桌、雙人床
千本詩集和唱片的書櫃、牆上的自畫像以及……）

當你不見了
我還可以在一個一個朋友們眼中看見你

你像空屋的身體獨自站著
淋著時間的雨

我的身體零件遺失了

——在醫院身體檢查

經過一夜蘊釀
今晨我將我的剩餘
一粒一粒（那些夢話）
貯蓄在潛血採便管裡
將我的形體
從更衣室推出來
變成粉藍
但我不願意
變成好大一隻被抽血的蝴蝶
挪動問卷上的迴紋針
也夾不住這一項多出來的魔術
空腹的標本（那些偉人）
被放進肝膽和腎
才會栩栩如生

我也需要棲息在銀色的蘋果上
醫生打開筆記電腦的
剎那
一個大頭照只剩下骷髏
與我相互對視，嘿嘿
底下的表格填著陌生的姓名及出生年月日
接續填著一生病歷及種種不堪的數據
我的符碼原來如此複雜
也能自成宇宙
星球繞著我
循環，而暈眩
而身高多了犄角
腰圍和臀圍多了兩層海岸線
每次總是瞥見送來菊花的隊伍
默默走過沒有脈搏的
像墓園的臀部後面
卻看不清病已入膏肓
我的視力和辨色能力只對動物有效

靜物完全是無色狀態
模糊的心電圖裡海市蜃樓
只能喝了奶再用肺
還有一些活量對著核電廠吐氣
但是耳鼻咽喉頸全部的隧道
堵塞（那些專家）
痰也不能逃出
我拍動骨質脆弱的翅膀
彷彿揮手是生命最後的形式
很美（那些詩人）
把一間又一間白色的房子揮走
我的身體零件就這樣遺失了
內診時，醫生留下的暗語
我聽不清楚

我的人生之不順是因為我沒按照筆順書寫

我　撇橫豎橫折撇捺
的　撇豎折橫橫撇折捺
人　撇捺
生　撇橫橫豎橫
之　捺折捺
不　橫撇豎捺
順　撇豎豎橫撇豎折撇捺

是因為我沒按照筆順書寫
我不先折後捺
我不後橫而先豎
我的人生總是到最後才一撇
已來不及勾回去
去完成撇清的動作

我不願當傀儡
我要橫要豎任由我隨便
不管站著或躺著或坐者
不也都能像個乖乖的
字

我的人生筆劃
雖然叛逆，顛倒，出格，不順
但最後一撇卻寫得很灑脫
竟能把我生命的隱形絲線
拋到很遠很遠的境界

卷三

城子

有人如我

思念的車站／蘇紹連攝影

蛙王子

細微雨水的
神經，衰弱的
綠藻裡
悶悶的氣泡
浮游著
老舊的浴缸
皮膚的階梯
在岸邊
伸入河水中
無聲回來
病蟲的
盤踞
肥皂瘦削
容貌是鏡面的
傷痕地形

指甲屑
和淚
沿途掉落
如果每一分鐘
以嘴唇
自吻的方式
愛著自己
做一張問候的躺椅
躺著時間
躺著一生的想念
老的時候
是王子
就把想念
哇一聲
喊出

雲孩兒

停靠我，而你下雨了
在我肋骨間落著
你小時候讀過的字
落著不同的意義
生病的筆畫
扭曲成你最愛的
一隻六足昆蟲
你學著走
學著鉛筆的影子
傾斜在書本上
只是趴著月光
抬頭看葉子變黑
像是走著
成為機器人

你停靠我如同一隻垂翼大鳥
柔軟而一滴滴溶化
而你啁啾
喚著媽媽的字
而你啁啾
喚著媽媽的媽媽的字
遠眺天空那座看不見的子宮
你想飛回去
啁啾卻是黑色的一滴
飛不起來的
聲音和聲音相遇的
沉默

你趴成一行累了的字
在我的文章裡
緩緩摺疊，緩緩銜接我
鋪設一個新的句子
你要停靠，成為我書寫的話語

你要盈盈如淚，滴到句點裡
你要終止，成為一本書
你要被翻閱，被翻閱就好
（即使失去天空
即使天空仍在）
即使你與我
都沒有翅膀
是躺在書本上的
文字間的那朵
變黑了的
飛翔

乍然的幻想

之一

我乍然看見一隻大象站立在島嶼上
其影子如蔭，遮蔽千萬居民
若天地有容器如此巨大廣納一切的幻想

我就能幻想一支小小的寶特瓶漂流在海洋上
等候烈日下物質被融化消滅
像一隻大象在人間裡蒸發

我乍然看見一隻大象又站立在島嶼上
天地的容器如此巨大震撼了
也消滅不了的幻想

我就能恢復一支小小的寶特瓶漂流在海洋上的
幻想。用物質的透明性
去容納所看見的一切

之二

我乍然看見一棵很像人
的樹，他在自己的胸口放了
一本詩集，封面隨著心臟
的跳動而翻頁，一頁
一頁往下掉落啊葉子
天地間怎會有這樣的樹
如此瀟脫會是一個
詩人嗎？
我就能幻想我也變成一棵樹
但我卻變成一支小小的寶特瓶
站立在空曠的天地間
張開口

聽雨滴懸在葉間再掉入我的喉嚨
直到我死亡的心臟上
咚咚咚觸擊著
讓我的心臟再度恢復跳動
為那一本詩集翻頁，一頁
一頁往下掉落啊葉子

盒小孩

他不是一個小孩
裝在盒子裡
像安靜的躺著的春天

也許他已夏天
找一些朋友來
拆開盒子看看
是否有一些閃電和雷雨

但我擔心死了
他不是一個夏天
不然是秋天嗎
不然是冬天嗎

但我已猜到了落葉
不禁哭泣
他讓朋友們下雪
圍著他

看著他從盒子裡出來
仍是明媚的春天
我們的淚水
都是喜悅

他如果還努力著

他，後仰躺臥
如果不再起來
就用深潭
沉沒

他，轉身背離
如果不再回顧
就用天幕
覆蓋

他，如果沉沒
就用深潭
給一些
淺淺的水紋

他，如果覆蓋
就用天幕
給一些
淡淡的雲絮

他，消失了
還努力著
給一些能看見的
徵候

角落裡的精靈

你一向是站在角落
角落當然是一個
不被注目的位置

因為不被注目，所以你有了可以靜默觀察的角度

角落裡的陰影，往往是
詩作中最隱晦的意象
你卻慣於藏在裡面

假如我看不到你，而在
那些陽光需要轉折的地方
也許我就會發現
你似一具驚愕不動的雕像

鄰座者

我的右邊
坐著一些顏色
有一滴燈光
凝聚一生才照亮出口
（你的臉龐因為光而露出輪廓）

但其實我的左邊
坐著一個縮寫的陰影
我想用指尖
在陰影裡劃一條纏繞的線
代表我
猥瑣的慾念
（進入你的表情裡）
那一條線
沒有線頭

我坐著
像懸在兩者
之間的
滴漏

不許分開不許不見

你不許我模仿你
（暗中用一個粉色的夾子）
我只好讓你出現
（夾到了一隻有翅膀的影子）
我們便分不開

你不許我模仿你哭
（在一個傷心的天氣裡）
我只好和你一起哭
（雨水總是說完告別的話才落下來）
我們便要分開

你不許我模仿你回頭
（怕看見星星掉落到深邃的遠方）
我只好最後一次對著你點頭

（除了是靈魂的化身）
你會用什麼樣子不見了

我和蛺蝶相約

這樣好嗎？
和一隻遠來的蛺蝶
相約，在稀薄的空氣裡
翩翩行了十多公里
我也羽翼裝備
牠也行囊隨身
一程
又
一程
牠也行囊隨身
我也羽翼裝備
翩翩行了十多公里
相約，在稀薄的空氣裡
和一隻遠來的蛺蝶
這樣很好。

思念的車站

車站和車站之間
需要一點相思的距離

可以揮揮手嗎
我真的很想說再見

再遠一點
如果太近，一下子就十年了

再遠再遠一點
就可以思念你一百年

我是起站你是終站
需要一輛列車

天蠍男

入睡前我常常翻閱一片想像的叢林
或是拿著一盞燈走進去

入睡後我常常夢見收件匣裡有一隻蠍子
偷偷閱讀我的信件。已讀，已讀，已讀
已讀不回。（牠
在燈光照射下的影子
明明就是我呀）

我進入夢裡關閉收件匣，加鎖
放在叢林深處
或是拿著一盞燈走出來
通過甬道
告知夢外的自己：
新的私人訊息已經送達

（好像有一隻悲哀的蠍子
縱使已毒，已毒，已毒不悔）
我只需養好一片想像的叢林
就能養好一隻患有冷感症的蠍子

花樣年華

關鍵詞：形容詞、繁殖器官、想像、邏輯

後院前院繞著花圃周圍下午五點零九分漫步黃昏的搭景
唸著與自己對話的稿子辭藻華麗而想起上午十點零七分
的火車停靠的月台在水中漂浮就像她一生留下的形容詞
隨時可以下沉和魚群潛行到一個五彩繽紛的宮殿裡神遊
只見三宮皇后六院嬪妃引領著公主玩著植物的繁殖器官
她遂不知自己所為何來不知自己皮膚上鮮豔多彩的衣裳
原來是雲譎波詭的蔓延而覆沒著想像和邏輯的錦簇花團

人間二帖

1 人間食解

人間
淺如
一個碟子
僅倒八分滿醬油
那些味覺的
幻想者
破壞者
似臨深淵
輕輕
一沾
所謂美味
幾滴體內精露

盡灑
人間
之穴

2 人間形容詞

若是有個詞來形容憂鬱
那個詞一定是
憂鬱

若是有個詞來形容恐懼
那個詞一定是
恐懼

若是有個詞來形容人間
那個詞卻不一定是
人間

或許不一定是
地獄

漂流者

氣溫三十五度三十六度或許三十七度
或許超過就是天神的體溫
但自古至今沒人
去量過天神
是熱的
是溫的
或是冷的

或是燃燒的街道
房屋在燃燒
電線桿在燃燒
遊覽車在燃燒
高速公路在燃燒
也許監視器裡的ＡＴＭ在燃燒

只因台灣夏季的體溫
太熱了

影子必須漂流
無水漂流
也無風漂流
靜止易溶解
只好在光裡漂流
或是在火裡漂流
或是在手機裡漂流
跨國連線潛行
潛入胃
潛入肺
潛入心

日正當中
你赤身露體
跟著行走

也成為夏日漂流者
沿著海岸
空無一人
焚燒頭髮
燒至只剩下
自己的影子
或許你的漂流
不會終止
或許你真的很孤獨
氣溫三十七度三十八度或許三十九度
你幾乎中暑昏迷
而耳邊似乎聽到
天神的聲音：
「我一直陪著你。」
噢，不
而是
天神一直擁抱著你

棋逢對手

卷四 城弈

對手交鋒／蘇紹連攝影

對手——對峙的鴿子

做為一隻鴿子
牠的自由是緊張的
牠的和平是緊張的
牠的生命是緊張的
牠的情感是緊張的
牠的眼神是緊張的
這和做為一個人
是沒兩樣的

緊張的人有緊張的髮
緊張的人有緊張的手
緊張的人有緊張的心
緊張的人有緊張的社會
緊張的人有緊張的國家

這和做為一隻鴿子
是沒兩樣的

和緊張的對手對峙
時間屏息
空間凝固
緊張的
張力世界

對手——交鋒

與人交鋒
一定要把自己的弱點偽裝
在弱點貼上阿嬤的相片
或掛上一尊神明公仔
對手就不會向你的弱點
出拳

與人交鋒
要絕對的慈眉善目
扮太陽勿露兇光
煮熱湯勿令人噴飯
扮北風也勿把謊言的大衣
吹走
那冷勿令人髮指

惡夜裡，對手傳遞耳語
交代了燈要熄滅
交代了刀子要磨利
交代了要放狗出籠
交代了要藏好兒子
交代了一顆假星星
要在子時上升
交代了明日
終場
摘下面具

對手——孤峰

其實把對手擊倒
你並不快樂。在一個可以證明
活著的場域裡，至少需要一個
夠強的對手

你並不快樂，因為你太強了
強到自己覺得寂寞孤獨
當那些掌聲變成翅膀飛走
或變成枯葉落下

你仍站在孤峰頂上
猶豫著是否要跟著下山
沒有對手的你
卻已被雲霧山嵐塵封

對手——海報

冬雨與街道的畫面
有一抹筆觸不小心畫到對面
勁敵的海報上的人像
臉頰變成盜賊傷疤
對手說
抹黑
對手說
這一筆不是畫
是一筆帳

對手的對手
在冬雨與街道這邊貼上自己的海報
等候烏雲密佈
雨中對決
閃電與雷殛

之後
看誰撕下對手海報上的人頭
再登門安慰
偽裝英雄
惜英雄
冬雨
好濕好冷

對手——親吻

他問我：可以親吻對手嗎？

我去問他的對手：你可以親吻對手嗎？

我哨子一吹——

比賽開始，拳打腳踢，廝殺激烈無比。

對手——不可以是

你的對手可以是鬼
你的對手可以是神
你的對手可以是妖
你的對手可以是精靈
你的對手可以是仙
你的對手可以是機械
你的對手可以是大海
你的對手可以是風
你的對手可以是詩
你的對手可以是想像
你的對手可以是噩夢
你的對手可以是病
你的對手可以是美
你的對手可以是獸
你的對手可以是時間

但是
千萬請記住
你的對手絕對不可以是人

對手——沒有的日子

沒有對手的日子
蠟炬不用怕得發抖
寺廟的桌上，筊杯
一對正反的兄弟
安靜的背靠著背
連自己也不知道下一次
翻身的結果
沒有問事的日子
神明終於可以閉目養神
耳根不再聽到
惡言相向的
蚊蠅。這寺廟
該避開天狗熱
乾乾淨淨給我
誦經聲

沒有對手的日子
不再是滿腦子的廢話
好好坐下來讀一本詩集
讓滿腦子再恢復為一炷香一首詩
（消失的對手是否也如此？）
聖裁，指點迷津
以詩為籤
蜘蛛未來怎麼生活
由自己來寫網狀的罣礙
（人是否也如此？）
風經過之處
都是空無他人
心想過之事
都是疼痛
只因為
這是對手已亡的日子

對手——撐傘

老天給我們一個晴天，擊倒對手
卻在對手已亡之後的日子下雨
我們繼續撐傘哀悼
無論是晴天或是雨天

對手——獎金

他擊倒對手後
贏得了巨額勝利獎金

回家路上
滿街的泥濘雨水
他抱著獎金急促踩踏而過

一個街友
被濺得全身盡濕

他假裝沒事快走。回家後
他想不出街友為什麼不追他罵他或動手打他
一個不需要勝利獎金的街友
才是真正的對手

對手——身體不知道

愛上對手了
卻是
身體不知道
想念對手了
卻是
身體不知道
和對手交手了
卻是
身體不知道
人的真性
卻是
身體不知道

對手——心理

生不逢時的對手
每日搓著手

發現手掌裡有一朵雲
立即彎曲手指握為拳頭
雲在裡面掙扎

像一顆心臟
被揪緊
那也只不過是一朵雲吧

對手的心理
就是要讓它擠出
瘋狂的雷雨

對手——霎時愣住

他把抽到即將燃盡的煙蒂從咬著的齒間
拿下，甩手丟在地上
你立即彎腰將煙蒂撿起
吸了一口再朝他臉上吐了一圈圈濃濃的煙霧
他霎時愣住
他輸了

對手——摟抱大雪

氣象預測
週末寒流
大雪將至
對手摟抱
相互取暖
像松鼠
體內飄雪

城市便利
商店櫥窗
忘記收回
對手眼神
白色裂痕

大雪將至
松鼠摟抱
相互取暖
像對手
體內飄雪
忘記去年
保命地圖
的藏匿處

對手——示範

對手就在那裡
他，示範解體的方式

先解衣褲
再解肉體
至於他禁錮的心靈
隨後鬆解

至於在這裡的對手
你，示範組裝的方式

把下半身放回去
把上半身放回去
讓頭焊接
讓你的心臟置入

示範結束。掌聲
節目結束。散戲

對手——零度以下

太冷
林泠了
大雪
雪萊了
太白
李白了
三個對手
都詩了

對手——內心的雪意

兩個對手
在雪中決戰
飛來飛去
不如我
內心裡的雪
下得更為紛飛

對手——練字

在這一張紙上
和你激盪
身體實驗的
是一些字

字的組合器官
和你輸血
換部首，留下紙邊
交媾的筆劃

最末一筆是小腿
收筆的墨色淡化
和你吸吮
乾涸的腳踝

顫慄的紙
為裸裎的字鎮壓
身體翻覆
和你偽文青

對手——留言

他把對手變成一個
社會底層的小孩
小孩在一張白紙上寫了
「我不要生小孩」

他把對手變成一個老人
孤獨的老人拿著手
在一張白紙上寫了
「我不要先救活老人」

他把對手變成一個
在底層倒下的影子
影子在一張白紙上寫了
「我不要被看見」

一群對手
像是白紙上的字
潦草聚居著

卷五　城狐

弱者之言

漸變為植物／蘇紹連攝影

弱者——你漸變為植物

當你的尾椎骨
長出一片葉子
漸變為植物
臀部的草坡
甚為肥美
一個走過的影子
跪下來
嗅聞和親吻
並為你這隻動物
剔除毛髮
而你需要
在胯間
放一片葉子

弱者——你在酸雨中

看著天空的變化
視覺被氣流分割
風景碎裂
當真象
被片面武斷了全面
臨窗的你

注視著窗外的酸雨
酸雨如酸語
如槍
如彈
大地銷毀成為廢墟
你或更多老弱婦孺
不敢開門走出去

弱者——你活在地球的另一半

他們占據光
在光裡
發光
而你退到地球的另一半
避光，哭泣

不久
那半面地球龐然的影子
賜給你無限創意的夢境

弱者——你舌有蛇

你舌有蜜
語言釀著語言
靜脈伏流
不知去處
你舌有花
開與謝之間
有蝶獻舞
有蟻和蜘蛛
吸食你的語言
你卻默默
無魚游出
你舌有蛇
霍然一聲
語言斷裂
你咬蛇自盡

弱者——你飆高音

你沉默已久
你壓抑已久
史前的岩石
撞燬腦海裡的城市
你被惡靈追擊
你被權術束縛
激憤的山巒
崩解的身體
語言凝固在經典裡
你存在已久
你隱藏已久
化身為滿城的廢話
拉開抗議布條
你追擊惡靈
你鬆脫權術

在黑夜畫眼睛
在牆壁畫耳朵
在馬路畫嘴巴
然後，你要
你要讓馬路上的嘴巴飆高音
讓你身中的血往上衝
讓你心中的愛往上衝
超過極限的
一個高音
在跨到天堂的弦上
行走

弱者——你總是第一個犧牲者

你是第一時間看到
就真心講話的
不是看風向球往哪一個方向
才偎大片西瓜說話的
「所以，你是
第一個犧牲者。」

弱者——你願倒下

週圍全是長刺的植物
你願放棄與之為伍

若不能移植
（礦的內心未釋出）
若不能抽身
（挖掘不出真實）
你願被刺傷
你願枯萎
你願倒下

讓全世界的雨水
在下一秒
沖銷你的形骸

弱者——你弱你落

你落在墜落之後
你落，落是設計的
消極姿勢，為眾所忽視
化為下臺階的光影
折彎身體的層次
你繼續墜落
抵達台階底下
底下就是深坑
你仍要繼續墜落
這是你弱的表態
但不是你的宿命
往下，往下墜落是
殞石的勇氣
是你弱的嘆息
沒有攀緣之處

厭惡依附和共生
你弱，弱是一種脫離
的子民
要去
去建另一個國家

弱者——你想躺下

歷經酸語
和霧霾的影射
樹很累，要躺在地上
雲也很累，要躺在哪裡
天空也很累，一躺下
世界全變黑暗了

弱以及弱
很累
想躺下
躺在自己心中的小小的

一張床

弱者——你想為自己寫一首詩

每天想為自己寫一首詩
但你無筆無紙
這種無的物質
是多麼的非你啊

你，真你的你
每天想為自己寫一首詩
卻是無手，無能指
無所指的寫
無字的
空曠
啊

你每天，就只能
無腳的走過每天的時間

想著如何
能為自己寫一首
最強的詩
雖然你的世界無嘴無眼
卻能被自己
讀出

弱者——你失去能見度

大霧包裹你身
你身原是一團蠢蠢欲動的細胞
現已靜止，失去游離的方向
失去位置的繁殖
細胞在室外漂流
失去一室親密的傢具
失去一輛古老車子的器官
失去電線桿和公路結構的曲子
聽見遠方消防隊員的靴子匆匆
涉過深水，魚的眼睛穿梭
注視一公分外的黑暗
黑暗正在火災

世界將被吞噬
煙塵包裹你身

而你身在
人們卻不在
大氣的透明度變低了
詩的透明度變低了
來不及拯救你
你在世界的能見度
很低很低
你將更弱
不被人們看見

弱者——你就是不能

你用一個名詞解決問題
再用一個動詞證明解決

所指
能指
就是不能伸出中指

弱者——你的毛毛蟲之夢

1

你從春末的睡袋裡爬出
才驚覺夏日已滾到很遠很遠的被翅膀震盪了的海洋上

2

你很想參加一個成長營
你很想參加一個快樂營
但後來你什麼營都沒參加
也成長了也快樂了

3

你現在被討厭
你未來被喜歡
你，始終不明白因果

弱者——你是積弱者

——「我的積弱是為了／累存生活的能量」（紀小樣／北方十四行）

他們洶湧，自是另一條
街道上力爭上游的車陣人潮
你在水草裡，轉身
再轉身吐氣泡也只是
窗玻璃裡的一條小魚
他們洶湧，挾泥沙
車輪滾滾進入巨大的結構裡運轉
能量的世界無你居處
連一顆粒的螺絲都不如
他們洶湧，全是後生代
你出生於二〇世紀中葉，寫詩甚早
你的詩名勝過同世代
在北部都會圈流傳

而在中南部家鄉卻沒沒無名
只因木訥不擅言詞也不喜交際
不攀附權貴，不討好主流媒體
從此被忽略如一隻潛藏的魚
他們洶湧，在網路製造潮汐
一波又一波讓月光分批
成為網軍大隊登陸
而你是在礁岩縫隙裡的一個貝殼
懷孕著一顆陰暗的珍珠
他們洶湧，在商場、官場
沒到市場就不知酸菜味道
只知酸語如雨，他們撐傘
卻不看傘上有弱小的星光
為夜空帶來晴朗
而你澄澈的眼睛看到了
他們洶湧，覆沒這世界
以蝗蟲襲取層層遼遠的麥浪
那些芒刺的光

在背脊上燃燒
你和睡不著的人
躺著流淚
你和睡不著的人
坐起來讀詩
你和睡不著的人
走到衣櫃裡
穿同樣的制服
而他們洶湧
製造黎明前的黑暗
而他們洶湧
要讓明天不來
你和睡不著的人
開門
用一首詩安撫

弱者——你的弱體

身體弱了
要進入天色裡，覺得有點困難
那就繼續守在陰暗的路上
疾病的公車站牌
遠處的疼痛
緩緩而來
欲至膏肓
心肌底下
舉起利刃
無情割裂
背脊山脈
癱瘓的醫院
只剩一所
靜默的建築物，其身體
其落下來的白色

袍服，器官裸裎
是牛頭馬面
是蟻螻
相陪相伴一生
至最後一間病房下車
躺平的紙張
讓影子躺平
那雙摺疊的小手
更像蓮花
灰釘已具
落下來的聲音
彷彿就落在四肢
身體的確弱極
不想再起身

註：引用「近因疾病，欲至膏肓，牛蟻不分，灰釘已具。」（李清照）

弱者——你的新領土

他們都佔去了，搶走了
留下的
只是空白
而空白卻變成
你的新領土

弱者——你被抄襲

有什麼眼淚
需要抄襲雨的掉落方式
有什麼雨滴
能完全抄襲淚水的傷心

眼淚和雨滴
怎知都抄襲了弱者

弱者——你的弱寂寞

一條路只有在無車無人的時候才會感受到寂寞

畫在路上面
的黃色線條
和白色線條
不再去爭執
是誰留下的

一路殘骸（車體或人體）的弱寂寞

弱者——你是一隻小蝸牛

對於色，有些迷茫
因為你很畏縮
很清純
很弱
的
觸
角
軟了

弱者——你的腳跟痛

你的腳跟一直痛著
椅子教你用腳尖走路
這樣肩膀提高了
視線能夠越過屋頂
又一個屋頂
驚飛了一群鴿子
到街尾
看到搭了一個戲台
正在演著傀儡戲
你搖晃的身體
變成它們的
影子
繩線懸吊著
又跳又滾
人生離不開被捉弄

但你的腳跟好痛
只好買了氣球
浮升離地一公分
飄起來
用腳尖跳著回家
看見椅子像父親
你倒在他懷裡
呼痛

弱者——你在水邊觀蜻蜓

你將沒有更多的自己
入水以祭
「王者」給你的
情感漩渦

心裡想一些老式的形容詞
水可以是冷的
卻溫暖而死

點一盞燈的時候
全部的黑暗都是
翅膀
（水面的飛魚
沒有反方向的
撞毀）

你會為這夜的紛沓
而跪

彎身以頸入水
永生為蜓
停歇的姿勢
成為戰鬥勇士最弱的
標本

親近水面只為聆聽
千年以來的時間
怎麼流著
而無喧嘩
無歎息

水可以是冷的
卻溫暖而死
你俯首稱「臣」

弱者——你有弱色

相片裡，藍天太藍，你怕
綠草太綠，你怕
紅花太紅，你也怕
自然變得濃妝艷抹
看得眼睛不舒服
回屋裡吃你
用安定劑做的食物
「淡一點，不要太鹹
　少放一些，不要太甜」
或者無鹽無糖無油
生活變得
無菜色
無肉色
無情色
你像是一個不著色的人

只有幾條炭筆畫的線條
在一塊空白的畫布上
漫遊著
透明的活著
不要給你天空的藍
不要給你綠地的綠
不要給你紅花的紅
那些太濃也太深
造成空間的凝重
你不能呼吸
你弱色
抵抗不了
無法穿梭
而定影

弱者——你在陰影裡

夏日裡
最涼的地方是
陰影

你在陰影裡
上網
打字

甚至是
流汗
打槍

夏日裡
你把自己的陰影
變成礁

幻想
礁是世界上唯一的倖存者

弱者——你的室內音樂

1

你吉他的身體
你門帷的呼吸

你彈著自己
你弱著的聲音和頻率

你的時間無悔
給自己的來和去

2

你隱藏的陰影
是植物，發芽，長葉
開花，結果，枯萎
變成休止的音樂
你來不及做一隻蝴蝶
而哭，而泣

3

窗是看守者，動物的
盤踞姿態，閉著的眼睛
室內的物品，鎖著的聲音
吉他的骨骼默默的崩裂

你在燈光裡起身
留下傷心的陰影

4

黑色的聲音有魔鬼
2h鉛筆畫過的痕跡
如一條靜脈
在壁上
在天窗口
在地板的邊境
削落的木屑、炭末
和你的神經
終須粉碎
如一條蛇蛻皮
從喉嚨裡出來
他是你的替身

一樣的妖
一樣的邪
將世界纏繞在
一間室內
錦衣裡的
黑色線條

5

腳，腳，腳。游著的
水泥地磚亂了結構

腳，腳，腳。踩痛了
無聲的燈光，鎢絲斷訊的閃爍

腳，腳，腳。三步的拍子
打開左側的柵欄釋放靈魂

右側的你失去一隻腳
失去和自己交媾的夢

他用另一隻腳，踢著阻隔
在你們之間的陰影

腳跨過腳。舞曲的
漩渦裡我們沉淪

弱者——你發現一間小廟之弱

地界有神
隱藏的陰影
扭曲和變形

只能這樣
縮小
這樣存在

你彎曲的
膜拜的
脊骨

像巨獸
對之
以對

非你所見

卷六 城象

城市裡的陷阱／蘇紹連攝影

異鄉城市

每天經過，是動的，是靜的，是一條街道和另一條街道打了一個蝴蝶結之後，你和我相遇。

城市，並非你所見。我的身影是高樓，是從雲層縫隙裡跌下來的陽光，在地上對著你，僅剩一秒的微笑。

當你離去，把淚水滴在我的微笑裡。從此，我願是你所見的城市。

城市行走

你問我今天寫了詩嗎
（是。好像不是）
你問我今天拍攝了影像嗎
（是。好像不是）
你問我今天搭公車去城裡嗎
（是。好像不是）
你問我今天走台灣大道嗎
（是。好像不是）
你問我今天和一位重要的人會面嗎
（是。好像不是）
你問我今天的腳底筋膜發炎了嗎
（是。好像不是）
你問我今天坐在大樓的陰影裡哭了嗎
（是。好像不是）
你問我今天不微笑了嗎

（是。好像不是）
你問我今天又老一點嗎
（是。好像不是）
你問我今天像樹嗎
（是。好像不是）
你問我今天像熱死路上的塑膠瓶嗎
（是。好像不是）
你問我今天找到家了嗎
（是。好像不是）
你問我今天的城市很美嗎
（是。好像不是）
我並非你所見的
城市

沒有人看見天亮的城市

天很暗時，你就出門了。台灣大道是直的，由盆地中心越過大肚山，轉一下也是直的，直的，直抵台灣海峽。

天還很暗，暗暝無星光，看不見波濤浪潮。行駛的不是船和帆，是車子和流浪狗，是海上漂泊的鳥，是一隻上岸的深海魚，把尾巴擱淺在城市的黑暗裡。

你就出門了，包著黑色頭巾，載著新出版的詩集，詩集裡醒著而安靜的文字，拿著十字弓，一字一字射向城市，沒有吶喊，只是靜靜射著，所有的詩句都射出去，射在城市的大樓牆上。

天還很暗，暗暝無星光，你直直的前進，沒有人叮嚀亮時才可左轉。城市，並非你所見，因為沒有人看見天亮。

東北季風進城

你坐在車裡看見東北季風進城，像是旅行團讓你聯想一群蝗蟲。
（請盡信其無）
方向盤轉了兩圈再迴正，你讓天空掉到另一條街上，不能相信這裡是空無的田園。隨著東北季風進城的雨，落著，疏離的，沒有什麼作用的，滋潤。
（請盡信其無）
假如之後的時間，城市有落塵，城市有感冒，城市有暈眩；你的鼻子聞到的氣味，是秋季的焚燒，竟也有雨滴圍城，圍身體，圍所有被密閉而想打開的，詩。
當東北季風逐漸，凜冽。
（請盡信其無）

城市發言者

你一進城
將見識
尖叫的立體拔高
地位不可觸及
（當他是一位掌控發言權
而可以任意灌水的意見領袖）
像愈蓋愈高而進入雲霄
的髮髻
不是魚骨
而是鳳蝶雙翼不再振動的
空氣，凝固
（當他把水泥一樣的語言
灌入每個人的耳裡）
每夜不會有相同的月光
在街道餵貓

每日也不會有相同的陽光
在高樓的另一面
變形為陰影
你一進城
那最高的樓頂
將變作
黑雲
你一進城
尖叫的立體
圍堵著你
縮小你
（當他是一位掌控發言權
把進城的旅人
都縮小）
一條自己行走的街道
將避雨而去

愛城

愛，是每個城市的字
樓房是愛構成的詞語
車子是愛構成的詞語
你拿這些詞語生活
也拿來寫詩

（有一天生病了）你
到另一個首都城市裡去
竟然沒有愛這個字
（有一天去抗議了）你
在布條上寫一個愛字
進到首都城市裡
愛字竟然無心了
變成一個受不了的
受字

（有一天東北季風來了）你
翻開一本咳嗽的詩集
讀到熟悉的詞語
是消失的城市
的遺留的愛

你在的城市
不在你的愛裡
那些偽裝的
心
變成一座座立體造型
每個地方都一樣
是假的

躺下去睡著了的城市

1

陽光太強
玻璃帷幕裡有人穿越
（躺下去／睡著了
一切病痛都會消失的）
天空

穿越天空是困難的
是街道延長的
（躺下去／睡著了
一切煩惱都會消失的）
夢想

我延長的不是夢想
在並非你所見的
（躺下去／睡著了
一切淚水都會消失的）
城市

2

（躺下去／睡著了
一切病痛都會消失）的天空
（躺下去／睡著了
一切煩惱都會消失）的夢想
（躺下去／睡著了
一切淚水都會消失）的城市

在不真實的城市

我的手是樂隊
（在既不真實／卻也不
不真實的台灣當中漫遊）
食指敲擊的音符
無名指撥弄的音符
在自己的口袋裡
不敢出聲
這時候
我的腳是部隊
也在既不真實／卻也不
不真實的台灣當中漫遊
左鞋子是坦克車
右鞋子是戰艦
無聲行動
穿越城市

這時候
我的眼睛是魚
既不真實
卻也不不真實
的空間
我和建築物
全部沉沒在
海水裡
這時候
我的身體是工廠
在不同的時間漫遊
生鏽的器官
苔蘚攀附
機器運轉
我，並非你所見的
城市

註：「在既不真實／卻也不不真實的台灣當中漫遊」句出自陳政彥〈少年漫遊〉一文。

多望城市一眼

望而能引起一個
洞的形成
。望吧
能從地表下
從皮膚下
找出病徵
（我將在城市的任何一個角度
多望你一眼）
進入洞裡
另一個世界
是多麼的光亮
飛機和星球
都變成雨滴
晶瑩的
在天空懸掛

（多望你一眼的時候
我將慢慢瞎了）
透過一個像是
漩渦的洞
直直陷落
變成一個像是
槍口的洞
瞄準
擊中
沒有呼救的城市
我將看不見

等著你的城市

相信我
我是等著你的人

等你和時間一樣來到
等你私訊鈴聲敲門
等你留言的零件
等你轉身如鏡頭回眸
等你像
經過的車燈
一閃
在暗夜裡的街道
照見我等候一生的影子

相信我
我是等著你的城市

裸睡了城市

他們不知我和這個罪惡
的城市睡了一整夜

並裸睡了城市的政府

一整夜
我並沒有看見城市上空的夢

喧囂的城市無言的人

在喧囂的城市
沉默是有困難的
所以他先割去耳朵
　再割去嘴
　　割去心中的火
　　　終於
　　　　變為沉默的　紙　箱
　　　　　街道因此而無言
　　　　消防車無言
　　　紅綠燈無言
　　他想說的話變成　火　災
　燒成灰燼的他
終於只剩下
　無言的　心　臟

纏繞城市

我像一條線穿進這座城市裡
大街小巷東繞西繞

把這座城市繞成
一個大的線團

我是無法再從這座城市
抽身離去的線

颱風眼裡的城市

城市上空
有漩渦的臉龐
颱風的眼睛
而你寸步難行
躺在空曠的公路上
像一片不能飄浮的葉子
只是顫抖的
碎裂之體
（列車在雨滴裡）
是懷念的
咒語家
唸著不斷墜落的部首和筆劃
為著失速的時空
挽回這城市尚存的
招牌和標語

以及塑像
（列車在雨滴裡）
城市上空
雲霧複製雲霧
遮天蔽日
轉彎的軌道
移動和變形
繞著一個柔弱的河彎
發現你的雙手
舉著白布條
（列車在雨滴裡）
淋濕的黑色字
比起眼淚
還更涔涔
潸潸

城市中毒

東北季風翻開月曆
（時間無法躲藏）
只剩半個月亮
就把夜空變成秋末的暗室
飼養的禽類埋首
吃著多肉植物
逐漸乾澀的街道在頭頂通過
你的皮膚和鬢毛
也逐漸老化
（證明時間無法
躲藏在即將被新寫的
病歷裡）
每人臉上隆起的斑點
都是因為地球轉動
政治轉動

世代轉動
有如東北季風
致使
城市中毒
形成殘體

城市裡的佔領與殺戮

小白鷺棲立在密集的公寓樓頂上
蒼鷺棲立在十字路口的紅綠燈上
大白鷺棲立在百貨公司大樓頂的廣告招牌上
黃頭鷺棲立在捷運車站的鋼架屋頂上
綠蓑鷺棲立在來來往往的公車上
夜鷺棲立在跨河大橋的欄架上
栗小鷺棲立在露天棒球場的照明燈上
後來
曬衣杆上懸吊著小白鷺
天上的雲懸吊著蒼鷺
升空的紅氣球懸吊著大白鷺
喪葬的隊伍懸吊著黃頭鷺
街友的脖子懸吊著綠蓑鷺
官邸的窗口懸吊著夜鷺
城門懸吊著栗小鷺

旋轉吶喊的鷺

城市裡的陷阱

我被割傷了
得跟刀子道歉
我貧窮了
得跟錢幣道歉
我被騙了
得跟詐騙者道歉
我被抄襲了
得跟抄襲者道歉
我掉入陷阱了
得跟陷阱設計者道歉
在這城市裡
處處是陷阱
我走在街道上
跟走鋼索一樣
我進入地下捷運

跟進入礦坑一樣
我緊張
窘困
我被毀滅了
得跟毀滅道歉
在這城市裡
我沒有了
我沒有了
我沒有了
我沒有了
還得
跟存在者道歉

城市和城市之間

城市和城市之間的
列車
不是時間也不是空間
而是人間和
陰間

城市昏倒

在一個晴朗的季節
白色的城市竟然昏倒了

節季的雪飄個一在後然
了倒昏著跟然竟市城的色黑

黑鍵白鍵
鋼琴上的貓反覆昏倒了

（件事的謬荒不實其這釋解何如知不你）

然後今天的房屋倒了
明天的政府下令建起來

見我所非

城式

卷七

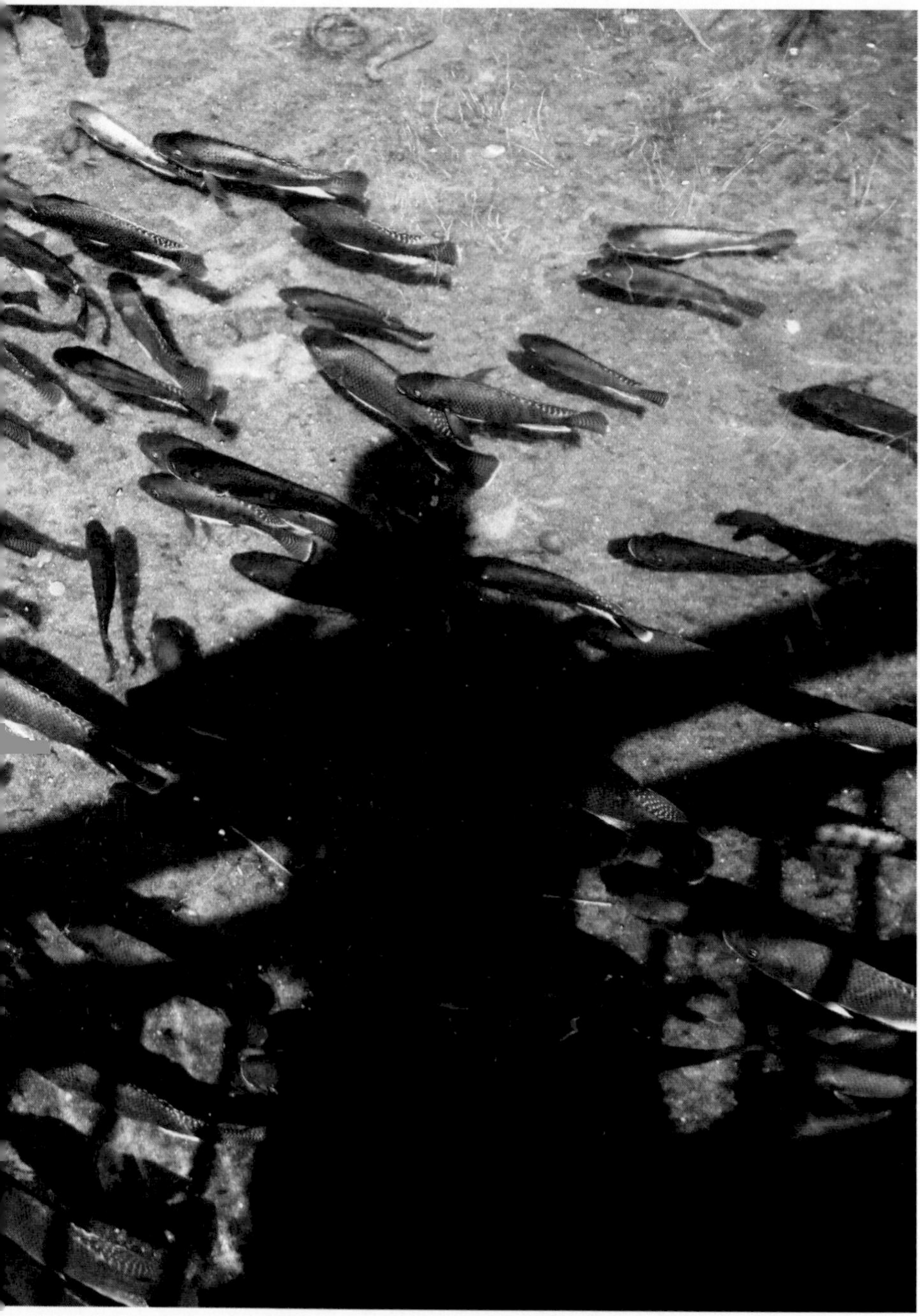

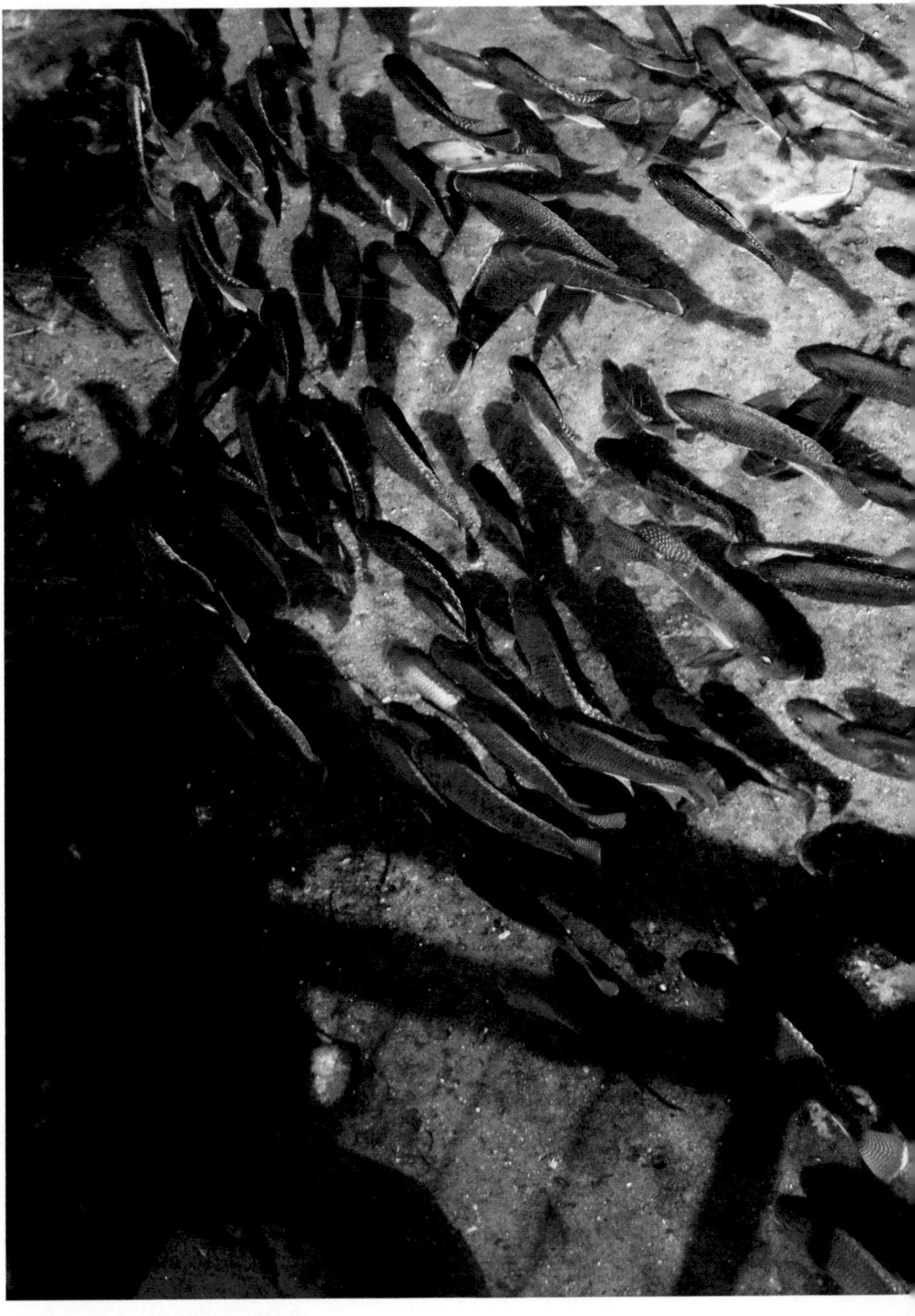

城市牲活／蘇紹連攝影

在城市裡的創作方式

文字圍繞著我的身體，重重森林和迷霧，圍繞著詩人的肖像。
（當我倒下，你會扶起我嗎）

我側邊的耳朵如葉
聲音沿著脈絡
去喚著有翅的蟲
偽裝文字
變體
（當我攤開皮膚，你會幫我刺上滿滿的字嗎）

一隻隻，一字字，飛舞的詩和黑色的血，在我的體內和體外穿梭。
（這是我在城市裡的創作方式，並非你所見。）

躲躲藏藏的城市

城市裡有很多影子是躲躲藏藏的，而在我的詩裡也有許多意象是，躲躲藏藏的，多麼不堪露臉。

在我的
本是一種愛意
在城市的
卻是一種犯意
（的影子
光的存在
魔的形態）
像是跟蹤的狼

在轉角處，我用詩殺死了罪惡，我用詩殺死了陰暗，我用詩幻想了一隻黑羊，去拼命變成城市的影子，變成白色的，全世界唯一的，白色的，影子。

城市最高樓層的兩位主人

消波塊堆疊的
城市樓房
男主人站在最高層的窗口甩著釣竿
桌上玻璃杯的飲料裡
一隻孤癖的魚緊張死了
（露天的咖啡座
乳泡和奶花
是下雪的
訊息）

（海水只有露出百分之一
例如浮潛時的
男人的奶頭
女人的乳房）
一隻

流浪的貓緊張死了
聽不見黑鍵和白鍵
交錯的腳步聲
在最高層的屋頂上彈著鋼琴的女主人
是這座城市
對著眾人發光的
燈塔
你從未看見她
真正的
臉龐

博愛主義的城市

這個城市老人太多了
所以到處可見博愛座

在公車的底下看見博愛座
在水溝的裡面看見博愛座
在屋頂看見博愛座
在垃圾車裡看見博愛座
在高速公路上看見博愛座
在棺材裡看見博愛座

這個城市
年輕人努力改造
這個博愛主義的城市

城市每天的心情

城市每天的心情
不是看天氣也不是看牆壁上
一台又一台冷不冷的冷氣機器

走在街道上的鼻子，鼻腔裡的空調
已經安靜了，急診室無人
你的膠囊裡裝著身體
不是感冒的顆粒
而是粉末

也可以經過十字路口時看見城市的心情
在紅綠燈裡三〇秒內恍惚轉換
直到你來不及回神
而闖了過去

心情和內臟像粉末一樣
散了一地

滿城風雨

有一件隱約不明的事情
瞬間在你的腦中通過

有一座移動中的城市
瞬間在你的身體裡通過

瞬間之後你卻記不起來
留不下來而你依舊如此堅定

權勢的逼迫和語言的霸凌
滿城風雨裡你的身體剩下

堅定如鎖住的嘴
不說，就是不說

城市唱著低音的歌

黃昏來臨時，城市唱著低音的歌（老人們跟著合唱）。忽然無聲，城市倒下。（為什麼？）老人們和椅子們和車子們和一起陪伴的耳朵們，繞著又繞著，不知黑夜怎麼黑，流淚的眼睛怎麼和臉頰問路，低音的歌怎麼最接近底層的人民，怎麼最接近土地。

城市倒下，一個攤子倒下，親吻著土地唱：「為什麼？」（老人們想跟著合唱）但是已經失去聲音，失去一個自悲自歎的，舊城市。

註：二〇一六．一〇．八台語歌手郭金發在高雄演唱，突然昏倒，送醫不治，享壽七十二歲。

城市會自動更新嗎

電腦自動選在國慶日
做軟體更新
這件事
（是政府更新嗎）
就像大掃除
有時像搬家
這次Win10的更新
花了約三小時
就做了一些他他他的事
什麼事
是做詩刊更新的事嗎
把版型改了
把封面改了
把主編改了
把社長改了

把髮型改了
把作者改了
把風格改了
剛好花了三個小時
就像改頭換面
不，是洗心革面
一個編輯人的心
過一段時間
就要更新
要大掃除
要搬家
把心搬到一個重新開始的地方
重新打造檔案
堆積檔案
像刪不去的最愛
一張張書籤
長長的掛在桌面上
卻也不再去看

最愛最終變成最累贅
編輯最累贅的
原來是最愛的
所以編輯要更新
像軟體更新
（是城市更新嗎）
大掃除一次
搬家一次
像這次Win10的更新
就算花了十小時
也甘願等下去嗎

城市網

你以為我寫城市嗎
文字裡，都是
監獄

你以為我畫城市嗎
線條的形狀
交錯，織成
網

詩人說
城市生活就是一張
網

你以為我是囚犯嗎
城市裡，我在

張網緝捕
你

城市的文青

在書店看見文青
書架的空隙間他的手翻著書彈走蠹魚
在新書發表會看見文青
叫作者簽書時也寫上自己的名字
在讀書會看見文青
發言時總愛把文字
從自己的手掌心中輕輕撒給大家
在文學獎評審會看見文青
筆記本上塗抹著評審委員的大頭照
在藝廊看見文青
找像自己的自畫像
在音樂會看見文青
身體詩一般的旋律
在文學社團裡看見文青
偶像化給學弟學妹

在其他的地方看不見
諸如一座
老人的浴池
文青不喜愛出現
諸如一座
老人的城市
文青不喜愛出現

他的城市怎麼得文學獎

他不是燒了一架鋼琴得文學獎
不是在深井裡砸毀大提琴得文學獎
至於你趴在電腦鍵盤上
只能和螢幕上的繪圖軟體玩意象
至於你的文字密度是叢林
是猛獸，是一座高樓城市
但你不會在茫茫的風中吹嗩吶
像一隻從半空中摔落的鷹隼
合唱團以你的詩唱著送葬悼亡歌
他不是用電鋸鋸斷了電子琴得文學獎
不是用鐵鎚擊破大鼓得文學獎

他的城市，非你所見

城市與田野相望

1

城市是田野的終端
抑或
田野是城市的終端

不如
在平行世界裡
各唱各的調

不如
放開牽著的手
釋放各自的生命線

城市望著田野
抑或
田野望著城市

2

城市是田野的起點
抑或
田野是城市的起點

不如
在平行世界裡
一起唱同樣的調

不如
牽起分開的手
連接各自的生命線

城市望著田野
抑或
田野望著城市

城市的末端有一塊肉

好幾天沒吃到肉了
好幾天沒有養分了
桌子的胃沒有墨水
我想畫一肚子的山林
掀開衣襟只剩完整的魚骨
無肉令人瘦
我瘦瘦的腸子
我瘦瘦的骨骼
我瘦得好美的竹子
風吹動而彎身
拂逆一些文字的筆劃
消失了
枝微末節
消失了
神經

我想吃一塊肉
好幾天沒吃到肉了
好幾天沒有養分了
我看見一塊肉
活生生的肉
滴著血水的肉
在某個時代
穿越時空
走過
像一隻動物

城市牲活

許多詩都不關心牲活
　馬桶不通馬達不轉
　對不起變成排泄啦
排泄啦，個人牲活都活不下去了
哪還關心社會牲活問題
詩都不寫憂勞疾苦這些
這些都是民生主義，唯有風花雪月啊
推崇風花雪月的詩是你所謂的牲活
但是沒有假日，你知道嗎都很藍瘦、香菇
青菜價更高了，若為牲活顧
雖然很香菇，排泄啦
你家的詩和他家的詩皆可拋
還有什麼不可拋
拋貓眼石拋牛刀拋象棋拋雞冠花拋羊毛衫拋鴨舌帽
拋去所有的牲活以後很藍瘦

這個不被詩關心的牲活很香菇
我們為下一首詩
寫
對不起，不，要說排泄啦
菜價貴了好幾天
還是要繼續跪下去
政府，可知我們怎牲活
許多詩政
不關心雞鴨豬牛羊這些百姓的牲活
讀那些詩真的很藍瘦
很香菇

註：二〇一七年觀郃智源影片後有所感發而寫。「藍瘦、香菇」（難受、想哭）兩詞出自其影片。

荒蕪的城市

有更多的眼睛從城市裡長出來
像是一片片的葉子，在高樓牆上
慢慢變黃，枯萎，蜷曲

有更多的手和腳蠢動，放逐
兄弟的，姊妹的，一些傢具
搬移。然後門上鎖

有更多的故事
不讓我們看見而讓我們聽到聲音
像是在空無的高樓裡流轉著

荒蕪的城市
終於是我們流淚的田野

明天搭往城市的車子不來

明天要搭往城市的車子不知去向
靜止的公路旁一支站牌已老了

停留原地等候的
將是我孤單的影子

返回昨天去的
是一個裝著田野風景的箱子

明天搭往城市的車子不來了
我和今天一直留在原地

禁錮在城市的臉

從來不覺得車門半開時
有一張臉就露出來
也從來不覺得走過販賣機時
從出物口有一張臉就露出來
要辭歲了
那些臉
都變得真實了
都要出來說聲謝謝
一整年的盼望
就等這一天能夠關閉時間
讓夾娃娃機停止動力
旋轉門停止旋轉
星球停止夜間飛行
水溝裡的月光
爬出來交接

所有孔洞及縫隙裡的臉
都出來
鞋印裡的臉也出來
地鐵裡傳來雨滴聲
市府裡修暖爐的工人還未返家
學校的警衛還未返家
獨立書店的貓還未返家
都要辭歲了
我們必須把禁錮的臉釋放出來
車廂裡空無
公共廁所空無
紀念堂廣場空無
這些都是沒有臉的地方
而城市寧靜
動力不見了
臉
是如此
陌生

視覺深度

天陰有霾／蘇紹連攝影

冬色乍現

誰知道雪已降臨城市
開門瞧見豐腴的街道
有三三兩兩的足印
如同天空中掠過
候鳥而留下的聲鳴
我遂追逐以語言以思緒
再追逐以思緒以形跡
再追逐以形跡以筆墨
再追逐以筆墨以書寫
再追逐以書寫以文字
再追逐以文字以部首
再追逐以部首以詞語
再追逐以詞語以嘴唇
再追逐以嘴唇以杯子
再追逐以杯子以溫酒

再追逐以溫酒以暖爐
再追逐以暖爐以毛氈
再追逐以毛氈以翅膀
再追逐以翅膀以飛翔
再追逐以飛翔以暗夜
再追逐以暗夜以星光
再追逐以星光以黎明
卻仍然未能輯錄乍現的
冬色

在雨滴裡看見

走過陰天的邊緣
接下來不會發生的事
是在雨滴裡
（想像它發生了
就是神，撐著傘
召喚你進來）

懸浮

你不敢置信
可以在半空中停留
你不敢流的淚
可以摩擦生火
瞬間的樣子
焚燒

都不會發生的事
只在雨滴裡看見
搖曳
搖曳一座城市
（想像它發生了
　就撐著傘飛翔
　沿著鐵道的路線）
在陰天的邊緣
迷濛
無人

天陰有霾

1

天陰有霾
寒風中你的體溫消失
地下室一窩剛誕生的乳白小鼠
凍結。彷彿尚有一息粉紅
望彌撒（在霾中迷航）
君以淚水
保我小命睜眼
重生有光

2

天陰有霾
寒風中你的
體溫消失了
地下室一窩
剛誕生的
乳白小鼠
凍結。
彷彿尚有
一息粉紅
望彌撒（在霾中迷航）
君以淚水
保我小命睜眼
重生有
光。

霧霾裡無形的世界

他在火車站購買了往南方的車票
（無形的世界
沒有月臺）
他在一座大樓的掛鐘裡看見時間的慵懶
（無形的世界
沒有現在）
他聽見黑夜裡大海向陸地咆哮
（無形的世界
沒有做夢者）
沿海岸的霧中鐵道行駛
沿筆記本裡蜿蜒的文字
他一字一字
他沉默
對所有的空間
沉默是一種可以移動的實體

沉默是一種旅行的伴侶
無形的世界
錯誤置入的
只有一個詩人
是自己

錯誤置入的
音樂，音符寂靜
無須物質
而他只有精神還在
在琴弦行走的在月光滑過的在月臺靜候
他有了現在
但是過去與未來之間距離遙遠
涉水的禽鳥
永遠是孤獨的做夢者
霧霾封閉了他
他不會向陸地咆哮
（南方無城

何以要前往？）
睡覺的耳朵
無須聲音
往南的火車
無須鐵道
慵懶的時間
終生懸浮
無形的世界
他是一張車票
錯誤置入
一個地名

霾害

近來，每日晨起，我的十根手指頭總是模糊，像沉浸在河水裡的細小漂流木，逐漸地浮出指紋。

白天，看著你涉足，去測量自己的漣漪增加了幾公分。白天，看著你繞在煙囪底下，追思以前更藍的天空。一點點的燃燒也何其龐大，罩著整座城市。

我的臉龐只剩餘瞳孔，卻還能把看見和看不見的真實放在一起。我的十根手指頭微微縮握，真想出拳一擊，真實卻如同細沙一顆顆，在縫隙間漏失。

黃昏時你回來，背負著神秘的黑夜你回來。你叼著一根菸的風景，不能成為風景，何其突兀。逃離霾塵的車隊在黯淡的玻璃裡，何其使人悲哀莫名。

我要和你過夜，過橋，過境，看著你的眼神蜿蜒著一條河，細小的漂流木在你抽菸的時候燃燒。我的呼吸，何其顫慄。什麼時候開始，什麼時候停止？

霧霾下的晨跑

（參加活動）
晨間路跑的人群穿過城市高樓的夾縫間跑向
橋另一端的鄉野公路旁稻穗在霧霾中
（植物不能跑）
他跟著人群跑著發現橋護欄上站立一隻枯瘦的
大犀鳥失去色澤而變成一朵停滯的灰雲
（植物不能跑）
顫慄著危險的墜橋姿態
沛然如雨，他穿越而過
（植物不能跑）
雨如淚下，他只有眼睛
只有腳，在這個晨間
（植物不能跑）
他慢慢落後於末尾甚至是他變成一條虛線的細點
蜿蜒在山川上的公路

（植物不能跑）
他愈來愈明白有一個疾病
跑在地球的肺部裡
（植物不能跑
植物要倒下）

地下神秘月台

層層疊疊的這裡形成一座鬧區，你在我的上層，他在我的下層，有許多不分明的指標，讓靈魂經過，卻從未停靠我的邊陲，讓陰暗跟隨。

你下來，也只不過是一瞬的，慘白。

照亮熄滅的一秒時間，他已躺下，在下層輾轉反側，只不過是一種空間的包裹，在遞送中，進行著位置與位置的推擠。

我如何把部分的他，完整的拼成有順序的，被切割的他。

回到活著的樣子，小聲的對自己說：「我是禁錮的──我是荒廢的──我是憂鬱的──我是含冤的──」在暗流中的一座深夜，沉埋才有個樣子像堅硬的夢，被黎明撞擊。

他上來，像一瞬的陰霾緊鄰政治的建築。在那些吶喊的鬧區裡，我的中央有意念現形浮動，你與他交錯，沒有事故。

這裡的秘密完好如初，留我獨守。你從我撤離，他從我撤離。

註：依據二〇一四年十一月六日《自由時報》的報導，記者黃立翔走進北捷西門站地下的「秘密車站」，外表沒有特別指標，內部設計也和一般月台一樣，不時有列車轟隆隆經過，卻從未暫停，燈光昏暗，月台空盪盪，飄散著陰暗詭譎的氛圍。這種緊急停靠列車的月台，一共有三個，分別是位於中華路、長沙街口的「西門站」，市民大道、光復北路口的「光復站」，以供發生事故時調動及逃生之用。

我救起的一個陰影

二〇一六除夕夜圍爐團圓之後，想寫點什麼，本該寫一些吉祥祝福的話，但突然想寫一首詩，卻寫得跟災難有關，實因昨日至今心中都存在著地震帶來的陰影。

我救起的一個陰影，他的
胸膛是削空的，沒有
肋骨
魚在想像的胃和肝和心和肺
之間游著

災變之後，我救起的
一個陰影仍努力要回去尋找他的主人
觀其雙手，撐立著塌陷的天空
其雙足卻斷成數截
如木炭在地底
冷卻

我救起的一個陰影漸漸變成透明了
像我救起的悲痛
也必須透明
在人間
讓一隻魚無阻
游過

春雨無聲

春雨裡漂亮而年輕的詩
又像桃花開了
但不知為何我覺得
我應該會更注意一個更有深度的聲音
埋在一首蒼老詩作的餘震裡
發芽

但不知為何我覺得
我應該會更注意一個更須等待的聲音
像是春風以手拂過青翠小麥
讓穀粒如胎兒安穩入眠
搖晃的黑暗裡
雨滴有了光芒

但不知為何我覺得
我應該會更注意一個更須撫慰的聲音
每個字又疼又痛又凝重
唸著就在喉嚨裡哭泣
像春雨無聲
詩默禱

在水裡的城市

（市城的裡水在）　在水裡的城市
（字的體肢）　肢體的字
（漪漣的膚皮）　皮膚的漣漪
（來醒）　醒來
（餐早的議爭）　爭議的早餐
（禱默）　默禱
（嗎了過吃）　吃過了嗎
（蛭水隻一）　一隻水蛭
（線）　線
（間時紮綁）　綁紮時間
（中台的去失）　失去的台中
（著活還我）　我還活著
（歲幾）　幾歲
（日落個幾）　幾個落日
（裡水在也）　也在水裡

（映倒）倒映
（車公豚海）海豚公車
（去駛的謂無）無謂的駛去
（路迷友訪）訪友迷路
（術詐）詐術
（裡袋口從）從口袋裡
（光星的取盜出掏）掏出盜取的星光
（起想我讓）讓我想起
（的來醒未）未醒來的
（人詩）詩人
（嶼島的來醒未和）和未醒來的島嶼
（的流漂）漂流的
（臟心的裡水在）在水裡的心臟
（市城和）和城市
（移南往雨雲）雲雨往南移
（升上位水）水位上升
（做能不我）我不能做
（麼什）什麼

一鍵還原

這片大地像是一個鍵盤了
分割成一塊塊
一塊是停車場
一塊是商辦大樓
一塊是公寓住宅
一塊是夜市
一塊是遊樂場
一塊是監獄
一塊是工廠
一塊是廟宇
一塊是軍營
一塊是屠宰場
一塊是糜爛
一塊是醜惡
他們共同生活

也共同死亡
我真想
用一鍵還原的方式
將這片大地
還原為
本來大自然的面目

網籠

像我們這樣的無名小卒
也值得用龐大的網
虛擬一個讓我們陷入的
世界嗎

像我們這樣的生命
卻有兄弟萬千
每月每日
每時每刻
名為探獄者
探後我們離去再來

像我們這樣的麻雀
繁殖再繁殖
死亡再死亡

也無法分辨的
網內或網外的生命哀啼
有何尊嚴和貴賤

像我們這樣的生活
不知是在內或在外
相互聞問的字句
都能一致沉默
臣服於
人的語言世界

返鄉

【前言】：寫返鄉過年的詩，其實以我現在的年紀，並無返鄉這件事，但個人藉著年少經驗以及對現實的感懷，而有了此詩的創作。詩比散文更容易虛構，卻也更容易把內心的真實隱藏在詩中的字詞之間，寫返鄉並未僅是寫返鄉的情感，詩如果是單一的意涵，對我來說並不過癮。

1

在返鄉的路上
看見了牛，看見了羊
看見了雪的明信片
其實風景已經變了
氣候和國度也變了
這麼炎熱的冬季
我們聞著汗衫的味道
打開車窗
讓遍野的花香飄進來

這麼虛假的真實
這麼綠的花
這麼黃的風
我們把詩寫在手帕上
黑色的落塵
都是意象
今年
我們為著一個親人逝去的臉
集體返鄉
相互注視
相互尋覓
相似的五官

2

在返鄉的路上
有獸形大物跟隨
離開城市，走手臂的堤岸

看見夢境消失的海
冬日無風無浪
泳褲上方的肚臍已無往日詩意
現在的窄管休閒長褲
讓我想起一種水生植物
搖身一變
也會化為蜻蜓
飛走時我還在返鄉路上
也許跟隨在後的
是未能消失的三百六十五天
是長長一〇〇公里的距離
是比三六〇、〇〇〇元低的年薪
是流了不止一公升的眼淚
這些數字很重
是返鄉的行李
搖身一變
化為獸形大物
我只有放走我的眼和腳

在半途中
去看海
那時候
海裡
無獸

3

在返鄉的路上
壅塞的隧道和腸胃
無法為之消化的
文明系統
無法為之吞嚥的
風景結構
我們的車必須穿越
穿越過去
過橋後
榕樹下古早味的小吃攤子不遠

街上的海鮮餐廳不遠
但我們不下車
穿越過去
到家裡
圍爐坐下
才形成一桌
家人的系統
家人的結構

方形的月亮

今天晚上，我的月亮是方的。

月
月月
月月
月月
月月
月月
月月
月月
月月
月月
月月
月月
月

你一定懷疑，有這樣的月亮嗎？
有，方向視角的關係，看成菱形了

我說：你一定見過方形的西瓜
但那是人工塑成形的吧

我說：月亮可以被意象塑造成方形的
但那是詩人寫詩的方程式

我說：你吃過方形的月餅吧
但那不是主流造型的替代品

我約你來我家屋頂上賞月，好嗎
我變方形的眼睛給你看
我變方形的耳朵給你看
我變方形的嘴給你看

我變方形的臉給你看
我變方形的眼淚給你看
我變方形的身體給你看

我變方形的天空給你看
沒有雲
我變方形的月亮給你看

你一定懷疑，有這樣的世界嗎？
有，在我的心裡
世界
方形了

你一定憂懼
沒有了圓形的月亮
（只要一夜）
改變了美的定義

（沒有人要賞月）
詩人就慌了

我用食指指給你看
天上方形的月亮
還有地表上
千千萬萬支手機
發光的方形螢幕
不也是月亮

人們低頭賞月亮
人們低頭賞手機
人們低頭賞月亮
人們低頭賞手機

方形的月亮世界
你說，不是嗎

這條街有一個深度

這條門牌近千戶的街有一個深度
我聽到喉舌的聲音
緩緩而來

這排連綿的建築物有一個廣度
我看見邊界的工人
雖如微塵卻有火苗

這首詩有一個深度
我必須向下挖掘
潛藏的礦

這首詩有一個廣度
我必須全身張開
超越邊界取光

自從走過一條長長的街
進入一整排串聯的建築
我終於懂得
我要怎麼寫詩了

附錄

城市的末端／蘇紹連攝影

從現實到非現實

蘇紹連

1、取材現實

詩人取材做為其創作的內容，是必備的日常功課。巧婦難為無米之炊，有了材料，才能烹煮出一桌菜餚；詩人若無養成取材的習慣，蓄積腹中的墨水，恐怕屆時形成「江郎才盡」或「變不出新把戲」的窘態。

先說詩作的材料概況。材料是現實的，例如：生活環境、自然生態、人我關係、社會現象、民生經濟、政治議題、歷史文物、……等等可以親眼目睹的實體或是圖文記述的人事物資料，詩人將這些材料透過其語言文字，做具有詩意的表現。而詩意是抽象的，經由詩人個人的情感、感悟、理智等等感性或知性的意識，去把現實的材料轉化為詩。

或許，網路興起後的宅世代詩人太多是天才，可以不必從現實的事務及資料中取材，就能構思出作品的內容。不取現實的材，當然只有單純運用空中樓閣的虛擬和想像了。老是在虛擬和想像中琢磨的宅世代詩人，顯然與現實世界是脫鈎的，縱使他的現實人生與正常人無異，但他的詩創作卻是漂浮的、無根的。

有些宅世代詩人極力否認只會虛擬和想像的創作，但對於外在現實的材料仍棄之不顧，一天到晚擁抱浪漫、發洩情緒，專寫個人體內的呢呢喃喃，其文字像是鎖在封閉式的情感釀桶裡，潛伏著那些個人的情感酵素泡沫，無視於外在世界的變遷和激盪，完全一副與我不相干的姿態沉醉在個人的鏡像裡，致使作品格調都是自戀的、自溺的。

尤其網路上浮濫的興起口水式的文字，噴灑著呢呢喃喃的心情告白詩，相互進行著感情上的「詩交」，你來我往，玩起打情罵俏的詩作唱和，完全把詩創作當作個人情感遊戲的玩具，樂此不疲。幾乎看不到「面對現實，關注社會」的作品了，台灣人的「詩寫台灣經驗」本是天經地義的事，但宅世代詩人到底有幾位能對此體認，而進行著詩寫台灣經驗的詩創作？可說是微乎其微。

問題何在？民主時代，現實社會材料本是開放的、任由擷取的，而且世界日日的事件不斷，電視及網路新聞二十四小時連續播放、時時有新聞，這麼多可以讓詩人關注的現實議題，何以詩人沒有取之為創作材料？可見這不是找不到材料可寫的問題，而是詩人自身關注面狹隘的問題。當詩人不願為自己創作的房間開個門或開個窗，則心靈不走出去，世界便不會走進來。

因此，實有呼籲宅世代詩人取材現實之必要，匯聚關注現實社會的創作能量，並鼓勵耽溺於自我的詩人打開門窗走出來，到外在的現實世界呼吸新鮮的空氣，用自己的心靈感知書寫個人對現實的感懷，或諷或喻，或敘或議，或實或虛，或夢或真，都可以盡自己的創作技巧發揮。

2、詩化現實

取材於社會新聞而寫的詩，可以稱作「新聞詩」或「社會詩」，是以當下發生的社會現實事件或經由記者報導於媒體的新聞為依據，故而亦可視為「報導文學」的範疇類型。但是就詩人的寫作原則來看，詩就是詩，不必將詩歸類於報導文學的範疇裡，因為報導文學有一些規範與詩創作的原則是相悖逆的，詩的隱諱性、虛擬性、疏離性都不容於報導文學的彰顯性、真實性、關懷性的框架。這不是說詩不可以彰顯、真實和關懷，而是說詩有其之所以為詩的文類表現性質，它是無比的自由與多樣。詩中的現實，應該是詩人意識中所感所夢所能張羅編織的現實。

那麼，把詩的隱諱性、虛擬性、疏離性放入「新聞詩」裡，這樣還算有「新聞」嗎？假若新聞詩被寫成這樣：

（1）新聞的內容被隱諱不見，沒在詩裡公開。

（2）事件的真實被虛擬取代，不在詩裡呈現。

（3）大我的關懷被疏離於外，不在詩裡發熱。

是否會讓你感嘆：新聞不新聞了，哪裡是新聞詩？

若是有這樣的感嘆，必然是一個對詩沒有正確認識的人。談詩寫詩，都得回歸到詩的主體性，讓詩的語言主導一切材料，而非材料主導詩。詩的特色必須強過於材料的特色，此乃詩創作不變的準則。一首詩的精彩，往往在於詩本身語言的建構，不在於材料建構的內容。建構的方式是非常個人的，是以個人的美學觀及心靈的深度為基礎，透過語言文字的揉搓打造而完成。

一首好的以新聞為題材的詩，得把現實材料經過以下三道手續的處理：

（1）意識的轉化：意識即知覺判斷，當詩人接觸或面對材料時，得有能力反覆辯證，判斷材料的真實性，演繹出其意義性，考慮是否值得書寫，並和自己的心靈接軌。如此，才能進入下一道手續。

（2）心靈的內化：值得書寫的材料，不見得人人寫得出來，唯有材料和心靈接軌，放入心靈裡沉澱，與詩人心靈合一，變成詩人切身的感動，從自身蘊釀出非寫不可的欲望。如此，才能進入下一道手續。

（3）語言的詩化：寫詩寫得好，盡在語言處理得好。當現實的材料經由意識的轉化和心靈的內化後，詩人開始進行文字的書寫，斟酌語言的意象、節奏和空隙，建構詩體的呈現形式，及至詩作的完成。能被認定為一首詩，無庸置疑，即在通過這道手續的蓋印。

經過這三道手續，原本現實的新聞材料，由於詩人個別的語言詩化的性質，很可能如前面所講的，出現隱諱性、虛擬性、疏離性的作品，乍看之下，與新聞無關，與現實無涉，但卻能比真實更逼真，擊中現實要害，震懾人心。

引商禽的詩〈木棉花／悼陳文成〉（印刻《商禽詩全集》）為例，原詩如下：

杜鵑花都已經悄無聲息的謝盡了，滿身
楞刺、和傳鐘等高的木棉，正在暗夜裡
盛開。說是有風吹嗎又未曾見草動，橫

斜戳天的枝頭竟然跌下一朵，它不飄零
，它帶著重量猛然著地，吧嗒一聲幾乎
要令聞者為之呼痛！說不定是個墜樓人

「一九八五年　台北」

我們從第三道手續倒回去看，形式上是散文詩，通篇語言採借喻和象徵的手法進行敘述，營造背景環境氣氛和墜落事件的意象，緊湊而扣人心弦，無一句不帶重量。商禽會這樣寫，當然這是在第二道手續由商禽心靈內化而成，他的感受化身為對木棉花的投射，「滿身楞刺」「和傅鐘等高」「橫斜戳天」「它不飄零，它帶著重量猛然著地」，這些描述不單是寫木棉，隱喻陳文成，亦是商禽心靈上塑造出來的陳文成意象。何以要塑造出這樣的意象呢？我們最後回到第一道手續來看，一九八一年七月三日陳屍台灣大學研究生圖書館旁的「陳文成事件」，商禽經過四年才寫成詩作，可見他將此事件反覆咀嚼無數次，潛藏於意識長久的流轉中，從台大的校園景物找出「杜鵑花」「傅鐘」「木棉花」當作擬喻，勢必有一番辯證、琢磨與沉澱，演繹出其意義性後，才成為這一首詩的題材。

商禽擁有一雙關注現實的眼睛，對現實的敏感與處理現實題材的手法超乎眾多詩人之上，從這一首詩的嚴謹與力道，我們感受到現實詩作的震撼力是如此巨大。鼓吹「新聞詩」的書寫，即以此為目標，期望詩人勿與息息相關的現實生活擦身而過，能為現實世界寫詩是為留下歷史見證，也是為詩人自己留下他在現實世界的身影。

3、現實書寫

詩寫得好不好，無關乎題材取得好不好。但是，若有抉擇，只是在大我和小我之間的挪移，人類最易戀棧小我而以自己有限的私務寫詩，如此關在房間裡大家都會寫，每個世代都會有人寫，量大而普遍，不斷的重複也不斷的消耗；但對於書寫大我的現實世界往往不是那麼的自在自如，一來要走出房間進到現實現場體驗，二來要能保有感動且能從現場抽離，三來要運用資料得廣泛搜尋，書寫時則如履薄冰不得帶一絲絲誤導與踐踏。大我的書寫是難度較高的，能往外在的現實靠攏一些些，才是詩人創作能力真正的焠煉考驗。

進入「現實書寫」的探討，首先要試釐清詩的「現實範圍」是什麼？是指一個能從內在的自我延伸到外在世界的空間，它像詩人的一個房間，房間內的現實是內在自我，房間外的現實是外在世界，這兩者將因有門窗而相連，不是相互阻隔而斷裂。有詩人將之斷裂了，因為這樣的詩人從來不開門窗，只寫內在的自我，詩中盡是私我的事務和想像；也有詩人走出房間就在外流浪，盡是複製現實世界的事務於詩中，從未回到房間裡用私我的情思在詩中滋潤現實和介入現實。

詩人要「現實書寫」，是必須打開門窗的，透過門窗看現實世界的景象和事務，甚至走出房間進入現實世界，體驗與收集寫作材料，再從現實世界回到房間內，以詩人的思想情感為主體去搓揉現實材料，以及用詩的語言、形式和技巧去完成作品。進入書寫的階段，則有兩種不同的書寫方式，即「無我現實書寫」和「有我現實書寫」。「無我現實書寫」提指書寫者不介入書寫的內容中，所以往往力求複製和臨摹現實，把現實的材料逼真地重現於作品裡，像影印機一樣複印出來，或像照相機即拍即得，縮小光圈對焦拍很深的景深，遠近都不模糊，為的是讓人們看清楚書寫的現實現象是什麼，但文字書寫不是攝影即觀即得的藝術，作者進行的文字書寫是一種抽象符號的組織，需要經由閱讀者的思考慢慢還原或再創其作品意涵。另外，「無我現實書寫」大多發生於專制或保守的年代，往往受制於意識形態，被要求負載著「政治、教化、道德」等功能性意涵的內容，這樣的現實書寫讓作者只有抽離個人獨特的情意和想像成分，才不致於干擾到純粹的現實意義，目的是一切只為現實服務。

「有我現實書寫」是民主化開放式的書寫，作者不會被侷限於當一名旁觀者，而是可以把「我」介入現實之中，將任何屬於「我」的情感、思想、想像當作素材，與現實揉合，或加入非現實的東西，一起用「我」的美學觀念去構成詩作品。這樣的書寫方式，是「我」操控現實，而非為現實效勞。這時候的現實是沒有鎖的，是不在房間裡的，更是沒有畫圈圈的，而是無限的開放。這樣書寫出來的現實仍是本於客體的現實，但已由作者個人的視野和角度來取捨，也由個人的情感來渲染，或是由個人的想像能力來虛擬，或是借用典故和寓言來印證，甚或運用各種創作技巧加以扭曲變形和轉化，使得現實書寫的意涵豐饒無比。「有我現實書寫」注重文學技巧，更注重作者個人的語言風格，故而往往在文學的審美價值上超過「無我現實書寫」。

回過頭來看以新聞事件為書寫題材的倡議，所期待的正是「有我現實書寫」，作者要將「我」介入新聞事件中，亦即詩中有「我」的情志融入，並有「我」的個性語言，而非一般的社會大眾語言。個性語言，即作者表達為詩的語言，是經過文學技巧處理過的語言，能夠表現出節奏性、音樂性、圖象性、意象性、暗示性、象徵性、譬喻性的語言，這樣才能有足夠的能量做為一首優質的詩作品，否則，現實題材雖能感動卻不深刻，只會成為一般報導性的公共說明或敘述，倒不如一張刺點強烈的紀實相片。

詩人取材於現實，不要認為新聞事件是既定的公共現實，就不能在詩中改變它、挪移它。現實也不是只有一個當下的層面，它的背後有許多不同時空的層面，詩人要用自己的視野不斷去發現；發現了現實，再從現實身上發現其他的現實。這樣層層展延的發現，會把現實的題材推進真正符合詩人可以介入的思維核心，讓詩人表現「我的現實」。「我的現實」是一種深層的內在現實，與作者的生命和生活同一個脈絡，也是最詩人內心真實的現實，它是一種內在的靈魂，不時與外在現實進行無止盡的對話。最好的新聞詩，就是能在這樣的對話上，形成現實與心靈交織的語言形式，既含括現實新聞的顯影也允許心靈感觸的伏流，用心靈感觸的流動去改變外在現實、挪移外在現實，讓詩作完成之後，能與外在現實保持美感距離，卻與內在現實真情貼近，這樣的新聞詩才是「有我現實書寫」。

4、關懷現實

寫社會現實的詩，並非一定要講究是否為實質關懷批判的效能。詩創作，若是連帶奉上功利主義或載道大任或政治手腕，命令詩肩負現實社會的教化責任或像做善事一般的公益或像政治廣場批鬥，則詩的意義性和審美性不是被擴充，而是被窄化和萎縮化。但是這樣就不敢或不寫社會現實的事嗎？那反而是矯枉過正，相對的也是有很多的缺點。從現實社會取材，寫社會現實的詩，仍然是詩人創作的要事，不可遺棄。

有一個大學生詩人說：「我很少寫現實社會的詩，但我偶爾捐錢偶爾做公益，從不覺得我不寫社會就等於不關懷社會。」也有一個女作家一直強調：「世代對待社會現實的管道，以前缺乏，現在用不完；現在的世代，寫作不是他們唯一的批判形式。」沒錯，批判也是關懷的一種方式，關懷現實社會不必一定用寫詩的方式，但就一個創作者的角度來看，這位大學生和女作家把寫社會詩當作關懷社會現實的手段看待，而他們不屑為之，他們只要捐錢做公益或用非寫作的管道去發聲。「為之」或「不屑為之」是他們個人創作的自由取捨，可是他們把寫社會現實的詩和關懷社會現實的行為混為一談，就完全搞不清楚寫詩是一種「創作行為」，並非是一種「關懷行為」，和用其他管道關懷社會的行為（例如：捐錢、慰問、演講、投書、遊行⋯⋯等）不一樣。今天，他捐錢做公益，不等於在寫詩，他演講遊行批判也不等於寫詩，捐錢和演講遊行是一般非詩人也可做到的事，拿來與寫詩相比，很不恰當；就算捐了錢做了公益或到處演講遊行，而他們的詩中若無社會現實，所表現的還是那種無關現實痛癢而自我哼呻的作品，依然令人感到蒼白而軟弱無力，其作品的幅度及厚度仍然狹隘脆弱。

詩寫現實，非必是關懷現實社會的行為。比如說，你寫一位貧困的孤苦老婦人在街巷撿拾可當資源回收的丟棄物，有可能是藉著這樣的描寫引發你對母親的回憶，或想從這個老婦人形象中引發人類生命和生活的感嘆，這時，你並無實際關懷到這一位貧困的老婦人，更無實際對這一位老婦人有所助益，你能做到的只是創作、寫詩，留下她的形象或意象，也留下你的情感投射而已，與關懷仍有一段距離，關懷沒有行動也沒有到達關懷對象的身上，並不算真正的關懷。所以詩人以現實寫詩，不能美其名為關懷的行為，充其量只是關懷的心和創作行為而已，除非，你把詩拿去大眾傳播媒體發表，當作一種呼籲，間接式的引發社會大眾的關懷行為。

那麼，詩人若真正要關懷現實，寫詩的確不如直接走入現實社會，換為社會運動的管道。反國光石化到彰化大城、濁水溪北岸的潮間泥地設廠，詩人吳晟除了寫詩還要以實際行動投入抗議運動，帶領藝文界人士於海岸溪口了解，以群體的陣勢對媒體發聲，才發揮了真正抗議和關懷的力量，若只是一般的寫寫詩，發表後難免被認為又是一篇詩人的情感發抒而已，或只是一篇在詩人小眾之間流傳的詩而已。但唯有直接走入現實社會，走上社會運動之途，這樣才是真正做到了介入和關懷。

所以，說詩要肩負改造社會、關懷社會的責任，未免患了「大頭妄想症」，詩對現實社會沒有那麼直接那麼厲害那麼偉大的功能。然而，詩人仍要把詩植根於現實生活，心裡擁抱現實，詩中揉合現實。生活即社會，社會即現實，現實即詩的內容。每個詩人離不開現實這個環節，要逃避或切斷即陷入自我的創作困境中。

5、詩非現實

會不會有詩人提到書寫現實社會，就皺起眉頭來，就像每天打開電視看到的新聞都是悲劇、慘劇和政治秀，而令原本想要親近現實社會的詩人感到厭棄不已？其實，詩的表現方式是可以讓現實改變，使其有不同的意味，首先以詩人王羅蜜多為例，他寫了不少的「新聞詩」，詩行之間總是風趣幽默，現實社會人生的舞台，亦可表現出浮世繪的風格，不必擔負什麼沉重和嚴肅的大主題。看看他這首〈坦蕩之書〉詩作，是寫什麼新聞事件。

脫掉隱喻，看見他的明喻
脫掉明喻，看見他的無喻
脫掉無喻，看見他就是他
——棄除裝述，聽見他的直述
棄除直述，聽見他的不述
棄除不述，聽見他就是，
聽不見他的我們，最終給他
一個封面，一個盒子，一個

這首詩的新聞材料是說台南市有一名男子自六歲開始終年一絲不掛，直到二〇一一年六月往生入殮，壽衣竟成他五十四年來第一次穿的衣服。王羅蜜多抽離了具體事件的人物形物，只留下事件的現象：「脫掉」和「棄除」這些人類的行為，同時把行為的對象變成指涉文學話語的表現手法：「隱喻」「明喻」的有無和「表述」「直述」的有無，故而才符合「坦蕩之書」這樣的詩題。詩作的內容超越了原本新聞事件，讓事件呈現另一種王羅蜜多自己心靈中的現實意涵，一個不穿衣男子往生的新聞，最後是給他「一個封面，一個盒子」，就如同詩題「坦蕩之書」，全成為這個男子的一種隱喻。

現實社會裡的事件往往是小說最好的素材來源，小說家是以拓枝展葉的蔓延方式來處理現實事件的素材，而詩人則是修枝剪葉式的只留下要表現的重點，將太多說明性的敘述刪除，以便讓詩有想像的空間，發揮詩的質地特色，故而在詩語言上力求濃縮精簡，意象上建立於現實而不明喻現實。詩人櫺曦擅於濃縮語言和營造意象，寫新聞詩亦寫得意象精緻而美妙，若說要求詩意盎然者，櫺曦是為第一人選。例如他寫的〈丘與壑〉這首詩：

我無法在她肩膀下
賴以維生的梯田上
追逐一群失控的公牛
牠們有跡可尋
腳印倏地　筆直踩進不經意的視線
在尖峰時刻
就此
打住

就詩的字面表層來說，是寫「我」無法追逐一群失控的公牛，雖然有跡可尋，但「我」的視線卻被「尖峰時刻」阻擋而打住，無法再追逐公牛。那麼，這樣的「追逐」是表達了什麼含意？

現在把穤曦所取的新聞材料放進來一起看，就會恍然大悟，二〇一一年三月新聞媒體報導：媒體經常以「事業線」來形容女性乳溝，事業線儼然成為最夯的流行語，名嘴、藝人更朗朗上口毫不避諱。原來詩題「丘與壑」已直接隱喻女人乳房和乳溝，乳溝象徵著事業線，女人為了能在事業上的發展騰達，所就有擠乳溝、露乳溝的行為。由此來看這首詩，「賴以維生的梯田」是女人胸部的隱喻，「失控的公牛」則為男人心思的具象隱喻，「我」（男人）的目光在女人的胸部亂闖，雖然想把像「失控的公牛」的心追回來，但最後現實的目光還是停駐在乳房的「尖峰」上。詩的意涵已相當明顯，「事業線」是帶來事業的騰達，還是帶來情色的引誘？從詩中的隱喻及生動的意象裡，我們讀到這是一體兩面的事。

最後再舉一首白靈的詩為例，這首詩發表於二〇一一年九月六日的《聯合報》副刊上，詩題〈念之流浪——擬一九四九年澎湖七一三事件流亡學生被投海前的瓶中詩〉，取材的是舊新聞，距今已是二十二年前的事件，詩作如下：

瓶子的命運屬於瓶子還是海？
聽過一海之怒吼後的一首詩還是詩嗎？
瓶內與詩共存的，是我最終一口氣
而瓶子是我，是念，是地球，茫茫大海是宇宙

打開要小心，那是腦殼下點點點
臨去殘存的一個如火之影

幾億瓶中的一瓶
僥倖亮在你十指間的
母親，就印上你生之唇印吧

白靈的詩註說：「此詩內容指向一九四九年發生於澎湖的悲劇『七一三事件』，由山東輾轉到達該島的八千多名流亡學生，在機槍環伺下，有五千多名被迫入伍當兵，三百多名失蹤，或說多遭投海。」「此詩即以其中一人遭棄前所寫遺作名義紀念之。」從詩的附題和附註上，很明顯的表示這是白靈擬寫事件中某一人物的詩，亦即是，作者化身為當年事件中的一位學生，書寫他被投海的心情、遺言。這樣寫作方法，可以稱為「角色扮演」，作者必得有同理心，能夠設身處地，好像如臨現場，或如當事人走到眼前，活生生的展現事件中的情境。書寫當事人的心聲，直接穿透，感染力大，不必透過其他的轉換方式就能達到目的。但詩人的角色扮演不一定只是模擬當年情境的再現，詩人以事件中的人物話語發聲時，同時把話語發展為詩的形式，接受詩的虛擬與變造，這樣的情境其實已是詩人心靈上自行建構的情境，而非當年事件情境的再現了。

從以上三則詩例，不難發現，書寫現實詩絕非在詩中複製現實，而是在詩中另創非現實，這種另創的非現實是詩人內心所發展出來的想望，雖然其根源仍是來自於有憑有據的社會現實，但想望出來的非現實卻更能指向詩意，否則就不必用詩的語言和形式來書寫現實了。怎樣書寫，就靠詩人各自的詩藝才學做不同的表現，而現實材料永遠是詩創作內容的最大宗，層面廣而豐富，詩人打開自己房間的門窗並不困難，把自己的情感和想像帶到窗外的世界、走入門外的現實，詩創作上勢必另有一番寬闊的氣象。

語言文學類　PG2262　秀詩人60

非現實之城

作　　者 / 蘇紹連
責任編輯 / 徐佑驊
圖文排版 / 周妤靜
封面影像 / 蘇紹連
封面設計 / 王嵩賀

發 行 人 / 宋政坤
法律顧問 / 毛國樑　律師
出版發行 / 秀威資訊科技股份有限公司
114台北市內湖區瑞光路76巷65號1樓
電話：+886-2-2796-3638　傳真：+886-2-2796-1377
http://www.showwe.com.tw
劃撥帳號 / 19563868　戶名：秀威資訊科技股份有限公司
讀者服務信箱：service@showwe.com.tw
展售門市 / 國家書店（松江門市）
104台北市中山區松江路209號1樓
電話：+886-2-2518-0207　傳真：+886-2-2518-0778
網路訂購 / 秀威網路書店：https://store.showwe.tw
國家網路書店：https://www.govbooks.com.tw

2019年6月　BOD一版
定價：400元

國家圖書館出版品預行編目

非現實之城 / 蘇紹連著. -- 一版. -- 臺北市 :
秀威資訊科技, 2019.06
面 ;　公分. -- (語言文學類 ; PG2262)
(秀詩人 ; 60)
BOD版
ISBN 978-986-326-698-3(平裝)

863.51　　108008992

讀者回函卡

感謝您購買本書，為提升服務品質，請填妥以下資料，將讀者回函卡直接寄回或傳真本公司，收到您的寶貴意見後，我們會收藏記錄及檢討，謝謝！

如您需要了解本公司最新出版書目、購書優惠或企劃活動，歡迎您上網查詢或下載相關資料：http:// www.showwe.com.tw

您購買的書名：＿＿＿＿＿＿＿＿＿＿＿＿＿＿＿＿＿＿＿＿

出生日期：＿＿＿＿年＿＿＿＿月＿＿＿＿日

學歷：□高中（含）以下　□大專　□研究所（含）以上

職業：□製造業　□金融業　□資訊業　□軍警　□傳播業　□自由業

□服務業　□公務員　□教職　□學生　□家管　□其它＿＿＿

購書地點：□網路書店　□實體書店　□書展　□郵購　□贈閱　□其他

您從何得知本書的消息？

□網路書店　□實體書店　□網路搜尋　□電子報　□書訊　□雜誌

□傳播媒體　□親友推薦　□網站推薦　□部落格　□其他＿＿＿＿

您對本書的評價：（請填代號　1.非常滿意　2.滿意　3.尚可　4.再改進）

封面設計＿＿　版面編排＿＿　內容＿＿　文／譯筆＿＿　價格＿＿

讀完書後您覺得：

□很有收穫　□有收穫　□收穫不多　□沒收穫

對我們的建議：＿＿＿＿＿＿＿＿＿＿＿＿＿＿＿＿＿＿＿＿

＿＿＿＿＿＿＿＿＿＿＿＿＿＿＿＿＿＿＿＿＿＿＿＿＿＿

＿＿＿＿＿＿＿＿＿＿＿＿＿＿＿＿＿＿＿＿＿＿＿＿＿＿

＿＿＿＿＿＿＿＿＿＿＿＿＿＿＿＿＿＿＿＿＿＿＿＿＿＿

請貼
郵票

11466
台北市內湖區瑞光路 76 巷 65 號 1 樓
秀威資訊科技股份有限公司 收
BOD 數位出版事業部

(請沿線對折寄回，謝謝！)

姓　名：________________ 年齡：________ 性別：□女 □男

郵遞區號：□□□□□

地　址：________________________________

聯絡電話：(日) ________________ (夜) ________________

E-mail：________________________________